義経じゃないほうの源平合戦

白蔵盈太
SHIROKURA Eita

文芸社文庫

はじめに

源義経《みなもとのよしつね》、あるいは牛若丸《うしわかまる》。

どんなに歴史に興味のない方でも、日本で暮らしていれば、誰しもどこかでその名前を一度は耳にしたことがあるはずだ。

鞍馬山で天狗に育てられた牛若丸は、五条大橋の決闘で弁慶《べんけい》を倒して配下に加え、奥州の藤原秀衡《ふじわらのひでひら》のもとで元服して源義経と名乗った。そして、兄の源頼朝《よりとも》が反平家の旗揚げをすると、宿敵平家を討つべく、いち早く頼朝のもとに馳せ参じた。

神のごとき義経の武勇と軍略は、源平合戦においていくつもの伝説を生んだ。一の谷の戦いにおける鵯越《ひよどりごえ》の逆落とし、屋島の戦いでの奇襲に、壇之浦の戦いでの八艘跳び。義経のめざましい活躍によって驕れる平家は滅亡し、頼朝は鎌倉に幕府を開いて新しい武士の世を作り上げた——

そんな義経の活躍があまりにも有名すぎるせいで、源平合戦といえば最初から最後まで義経が一人で戦ったようにも思われがちである。しかし源氏と平家の戦いにおいて、実は彼の立場は単なる別働隊の将にすぎず、義経の上に平家追討軍の総大将がいたということは、案外知られていないのかもしれない。

頼朝と義経の間にはもう一人、ちっとも目立たない兄弟がいた。名を、源範頼《のりより》という。

高校の歴史の教科書を見ればちゃんと名前も出てくるが、知名度は弟の義経に遠く及ばない、あまりにも地味すぎる兄である。

だが、頼朝が平家追討の軍を西に向けて送った時、総大将は末弟の義経ではなく、兄の範頼のほうだった。

その立場の重さからいえばもっと注目を集めてもよさそうな人物だが、何しろ弟の存在が輝かしすぎるせいもあって、範頼の業績はいまひとつパッとしない。

一の谷の戦いでは正面からの攻撃を担当したが、目立った戦果は挙げていない。

屋島の戦いは義経が一人で奇襲をかけたので、そもそも範頼は参加していない。

壇之浦の戦いでは、義経が船の上で戦っているのを、陸からぼんやりと眺めていた。

そして最後、義経と頼朝の関係が完全に決裂して、頼朝が義経の追討軍を京に向けて出発させた時、範頼は当初、その軍の総大将を務める予定だった。しかしなぜか途中で予定が変わり、結局は頼朝自らが出陣している。

そこそこ重要な立場にいるのに、肝心な戦いの時に、いつも微妙にその場にいない男、源範頼。

だが、そんなパッとしない「義経じゃないほうの男」も、単におそろしく地味なだけで、決して何もしていなかったわけではなかった。

むしろ彼は、征夷大将軍となり鎌倉幕府を開いた偉大な兄の頼朝と、日本屈指の天才軍略家である弟の義経という不世出の二人の英雄の間に挟まれながら、彼なりの地味な戦いを、人知れず繰り広げていたのである――

目次

言葉の横についている数字、（1）などは、
巻末の用語解説の符号です。

登場人物

源《みなもとの》　範頼《のりより》　河内源氏の棟梁、源義朝《よしとも》の六男。

源　頼朝《よりとも》　源義朝の三男。征夷大将軍となり鎌倉幕府を開く。

源　義経《よしつね》　源義朝の九男。稀代の軍事的天才。

和田義盛《わだよしもり》　古株の御家人。陽気でいいかげんな戦好き。

梶原景時《かじわらかげとき》　古株の御家人。責任感が強く厳格。

土肥実平《どひさねひら》　古株の御家人。おおらかで温厚。

天野遠景《あまのとおかげ》　古株の御家人。範頼のよき理解者。

後白河法皇《ごしらかわほうおう》　武士たちを翻弄し、長年にわたり朝廷に君臨する上皇（もと天皇）。

平《たいらの》　清盛《きよもり》　かつて源義朝を倒し、平家の全盛期を築いた実力者。すでに病没。

安徳天皇《あんとくてんのう》　平清盛の孫。平清盛のあと押しで七歳で天皇に即位。

後鳥羽天皇《ごとばてんのう》　安徳天皇の異母弟。後白河法皇により四歳で天皇に即位。

二位尼《にいのあま》　平清盛の妻、平時子。安徳天皇の祖母。

平　宗盛《むねもり》　平清盛と二位尼の間に生まれた息子。清盛亡きあとの平家の棟梁。

藤原《ふじわらの》　秀衡《ひでひら》　奥州・平泉の独自勢力、藤原家の棟梁。義経の育ての親。

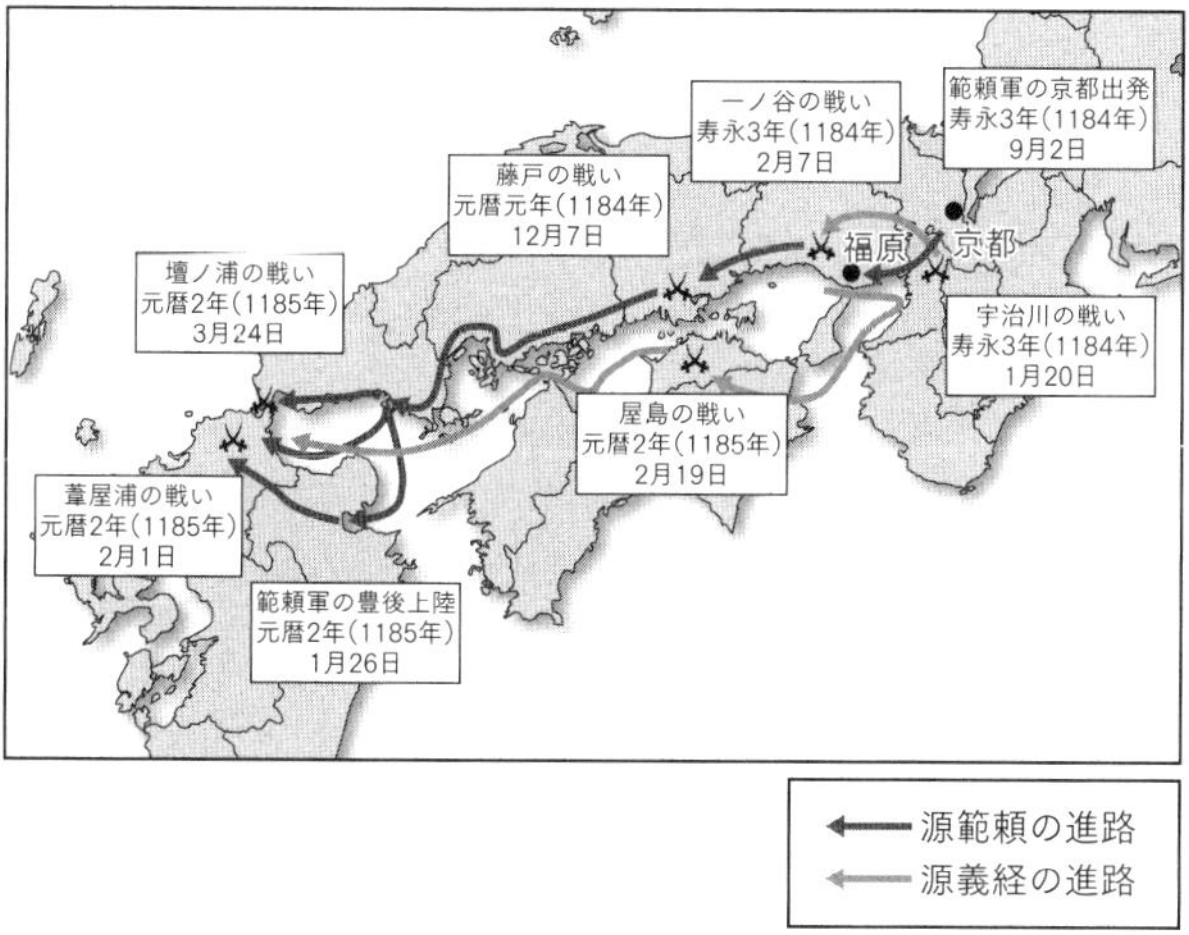
範頼軍の京都出発
寿永3年(1184年)
9月2日
一ノ谷の戦い
寿永3年(1184年)
2月7日
藤戸の戦い
元暦元年(1184年)
12月7日
福原
京都
壇ノ浦の戦い
元暦2年(1185年)
3月24日
宇治川の戦い
寿永3年(1184年)
1月20日
屋島の戦い
元暦2年(1185年)
2月19日
葦屋浦の戦い
元暦2年(1185年)
2月1日
範頼軍の豊後上陸
元暦2年(1185年)
1月26日
源範頼の進路
源義経の進路

一．挙兵

治承四年（一一八〇年）八月、平家打倒を目指して源頼朝が伊豆国で挙兵すると、奥州平泉の藤原秀衡のもとに身を寄せていた弟の源義経は、数人の郎党と共にいち早く頼朝のもとに馳せ参じた。その時ちょうど、富士川の戦いに臨むため黄瀬川に布陣していた頼朝は、駆けつけた義経と涙の対面を果たす。

一方その頃、義経の兄にあたる源範頼は、蒲御厨《かばのみくりや》（現在の浜松市）で気ままな暮らしを満喫していたが、彼のもとにも平家との戦いの影が忍び寄る――


「ここに何をしに来た、範頼とやら」

頼朝兄さまがそう言った時、私は最初、いったい何が起こったのかわからなかった。

そのうち、頼朝兄さまの表情が、まるで馬糞にたかる蠅でも見るかのように冷ややかであることに気づき、私はひぃぃと震えあがり、がばと平伏しなおした。自分でも情けないが、答える声が明らかに震えていた。

「に、兄さまが打倒平家を唱えて挙兵したと聞きつけ、同じ源氏の血を引く者ならば必ずや馳せ参じねばならぬと考え、かくの如く、まかり越した次第にございます」

「馳せ参じねばならぬ……とな。なるほど」

そのまま頼朝兄さまは、むっつりと黙りこくってしまった。

気まずい沈黙が、私には永遠にも思えるほど長い。怖くて顔を上げられない。嫌な汗がじわりと噴き出る。

どうして……どうしてこんな最悪の兄弟の対面になってしまったんだ——

治承五年（一一八一年）三月も半ばを過ぎた頃、私、源範頼は、平家打倒の旗揚げをした頼朝兄さまのもとに馳せ参じた。

その頃の頼朝兄さまは、旗揚げから八ヶ月を経て、父祖の地である鎌倉に本拠地を構えて盤石の地位を確立しつつあった。頼朝兄さまのもとには坂東（関東地方）じゅうの武士たちが続々と集結しており、いまや昇り龍のごとき勢いだ。

京の朝廷は、別に自分たちの身を守ってくれるわけでもないくせに、年貢の督促だけは口うるさい。西国に地盤を持つ平家が源氏を打ち破り、朝廷を好き勝手に牛耳るようになってから、その傾向はさらに拍車がかかった。源氏の地盤である坂東の武士たちは、その状況を苦々しく思いながらも、どうすることもできず鬱々たる日々を送っていた。

そんな坂東の地に彗星のごとく現れたのが、頼朝兄さまだった。

源頼朝という格好の受け皿を得たことで、いままで目に見えない形で抑え込まれていた坂東武者たちの不満は一気に噴出した。そして、兄さまが打倒平家を掲げて旗揚げをするや、ほんの数か月で坂東は、あっという間に源氏の支配する土地へと塗り変わってしまったのだった。

慌てた平家は治承四年（一一八〇年）十月、平維盛《これもり》率いる追討軍を鎌倉に差し向けた。しかし頼朝兄さまは富士川の戦いで、あっさりとこれを打ち破っている。もはや坂東は源氏のものであり、よそ者には絶対に手出しなどさせないということを、頼朝兄さまはこの勝利をもって実力で内外に示したのである。

私が数名の郎党を連れて鎌倉の頼朝兄さまのもとに馳せ参じたのは、その富士川の戦いから半年ほど経ったあとのことだ。

弟の義経が、頼朝兄さまの挙兵の報を聞くやいなや、すぐに育ての親である奥州の藤原秀衡のもとを発って、いち早く頼朝兄さまの元に馳せ参じたという情報は私の耳にも届いていた。その時は、幼くして生き別れた兄弟の涙ながらの感動の対面になったらしいとも聞いている。

だから、同じ立場である自分も、きっと頼朝兄さまに温かく迎え入れてもらえるはずだなどと、私は甘っちょろい期待を抱いていた。だが、そんな私の浅はかな皮算用は、兄さまの最初のひと言で跡形もなく吹き飛ばされたのである。


「名は、範頼としたのか」

長い長い沈黙のあと、ようやく兄さまが重い口を開いてくれて、私はやっと呼吸ができたような心地がした。焦りのあまり、思わず早口になってしまう。

「はい。藤原範季《ふじわらののりすえ》殿が父親代わりとなって後見してくださいましたゆえ、その名を一字頂きまして、範頼と名乗っております」

兄弟とはいっても、私たちは幼い頃に一家離散の憂き目に遭っている。だから頼朝兄さまと私は今日が初対面だった。初めて見る兄の顔はまるで鷹のように精悍で、その目は獲物を見つめるようにしんと冷たく、何を考えているのか底が知れなかった。

なぜ頼朝兄さまがここまで不機嫌なのか、その理由は私にも心当たりはある。

私がここに来るのが、あまりに遅すぎたからだ。

今でこそ、頼朝兄さまはこうして鎌倉の地で数万人の御家人(1)を擁し、平家とも互角に戦えるまでの勢力を持つに至ったが、旗揚げ直後の石橋山の戦いでは、兄さまは平家方に大敗して命からがら船で海を渡って安房国（千葉県）に逃れている。その時に付き従った者は、たった六人しかいなかったそうだ。

その頃は「平家にあらずんば人にあらず」と言われる状況で、平家に敵う者などいるわけがないと誰もが信じて疑わなかった。そんな中で頼朝兄さまに味方するなんて、ほぼ自殺行為に近いことだった。

それでも兄さまは、そんな絶望的な状況下から、一か八かでも源頼朝という男に命を賭けてみようという味方を集め、勢力をじわじわと伸ばしていったのである。

生きるか死ぬかの大敗を喫した石橋山の戦いから、房総半島をぐるりと回りながら在地の豪族たちを頼って兵を集め、鎌倉にたどり着くまでの二か月ほどの間。この時が兄さまにとって一番つらく心細く、助けが欲しかった時期だった。

その頃は何もしなかったくせに、坂東の支配が盤石になった今頃になって、お前はどの面《つら》下げてやってきたのか――頼朝兄さまは私にそう言いたいのだろう。そう思われることは、私もある程度は覚悟していた。

だが、それにしたって私は、父を同じくする血を分けた実の弟だ。ここまで露骨に冷淡に扱うのもひどくないか？

私の名について尋ねはしたものの、別に頼朝兄さまはそんなものにひとつも興味はないらしく、そのまま会話はぷっつりと途切れてしまった。

しばらくの重苦しい沈黙のあと、ひとつひとつ言葉を選ぶように、ゆっくりと頼朝兄さまが口を開いた。

「範頼。お主の生まれは蒲御厨じゃな。その地でお主は、藤原範季殿の荘園(2)を治めておったと」

「ははっ！　左様にございます！」

「ふむう」

再び兄上は不機嫌そうに黙ってしまう。その沈黙がいちいち恐ろしい。

「……あのな範頼」

「はいっ！」

「義円《ぎえん》は、死んだぞ」

「は？」

「義円じゃ。儂とお主の弟で、そして義経の兄。かけがえのない我らの兄弟じゃ」

「は……」

「出家して寺に預けられていた義円は、儂の挙兵を知って還俗《げんぞく》(3)し、叔父の行家《ゆきいえ》殿とともに旗揚げした。だが、墨俣川《すのまたがわ》で平維盛の大軍の襲撃を受け、奮戦空しく討ち死にしたと聞いておる」

「大変、無念なことでございます」

するとと、俯いていた頼朝兄さまは顔も動かさず、目だけを上に動かしてチラリと私の顔を見て言った。

「――で、お主はその時どこにいた？」


ああ、なるほど。それが兄さまの怒りの真の原因か。

肉親の情を前面に出せば曖昧にごまかせると思っていたが、この兄さまは、浅はかな私の考えることなど全部お見通しなんだな。

もう言い訳のしようもない。ちくしょう怖い……怖すぎるだろこの兄さま。

やっぱり鎌倉なんか、来るんじゃなかった――


私は別に、源氏の使命がどうとか、そういった崇高な理由があって頼朝兄さまの元に馳せ参じたわけではないのである。私がひっそりと暮らしていた蒲御厨に、平維盛と平重衡《しげひら》率いる追討軍が迫ってきていた。それで叔父の行家殿が敗れ、義円が殺されたのを見て命の危険を感じた私は、逃げ込むように鎌倉に参陣したのだ。

言葉だけは「同じ源氏の血を引く者ならば必ずや馳せ参じねばならぬ」などと言いつくろったが、要するに命が惜しかっただけで、本音を言えば私は誰とも戦いなどしたくはない。そして頼朝兄さまは、そんな私の浅ましい根性を即座に見抜き、それ相応の扱いをしたわけである。

あまりの恐怖で、胃液が少しだけ戻ってくるのを感じた。喉の奥がひりひりと酸で焼ける嫌な感じがする。いますぐにでもこの気まずい詰問を切り上げてこの場を去りたかったが、そういうわけにもいかない。全くもって身から出た錆である。

でもさぁ、頼朝兄さまや義経と私は、同じ兄弟でもちょっと違うんだ。

多少の無責任なふるまいくらいは、大目に見てくれてもよくないか？——

私こと源範頼は、河内源氏(4)の棟梁、源義朝の六男である。頼朝兄さまは三男であり、弟の義経は九男だ。

父の義朝は、私がまだ元服前の十一歳の時に死んでいる。平清盛と覇権を争って平治の乱を起こして敗れ、わずかな手勢とともに東国に逃れようとする途中、宿で風呂に入っているところを襲撃されて殺されたのだ。長男の義平《よしひら》と次男の朝長《ともなが》、四男の義門《よしかど》も、その戦いのさなかに死んだと聞いている。

生き残った兄弟のうち、正妻の由良御前《ゆらごぜん》の子である三男の頼朝と五男の希義《まれよし》は、それぞれ伊豆と土佐に流罪となった。次の六男が私で、その下に、絶世の美女だったという常盤御前《ときわごぜん》から生まれた三人の弟がいる。七男の全成《ぜんじょう》、八男の義円、九男の義経だ。この三人はまだ幼かったので寺に預けられた。

頼朝兄さまと希義兄さまは、ともに正妻の子であるという義務感もあって、流罪先でも源氏の再興を固く心に誓っていたらしい。そのせいで、頼朝兄さまが一足早く伊豆で旗揚げをすると、平家は二人を絶対に合流させてはならぬと考え、希義兄さまのもとに兵を差し向けてあっさりと討ち取ってしまった。

そんなわけで、私たち九人兄弟のうち、これまで生き残ったのは頼朝兄さまと私、そして常盤御前から生まれた全成、義円、義経の五人だけだ。いや、義円もつい最近平家に敗れて討ち死にしたから、もう四人しか残っていない。

数ある兄弟たちが、殺されたり流罪に遭ったり寺に入れられたりと、壮絶で悲惨な人生を送ってきた中で、私だけがどこか蚊帳の外にいる。

それは私の母の出自が理由である。

私の母は、蒲御厨に住む遊女だ。旅の途中の父が、ゆきずりの一夜の交わりによって生《な》した子、それが私である。だから、河内源氏の棟梁だという父の顔を私は一度も見たことがない。

頼朝兄さまは正妻である由良御前の子だし、全成、義円、義経の母である常盤御前は、側室でいくらか身分は劣るものの、それでも元は近衛天皇の中宮(5)・九条院に仕える雑仕女《ぞうしめ》だ。いずれも素性はしっかりしている。

それに比べて、ほかの兄弟よりも明らかに身分の卑しい母から生まれた私は、幸か不幸か、平治の乱のあとに吹き荒れた源氏の残党狩りの嵐の中でも道端の石ころのように捨て置かれた。私自身にも源氏の御曹司なんて自覚はちっともなかったから、私は生まれ故郷の蒲御厨で特に何も考えることなく、のんびりと育った。


私の事実上の育ての親は、木工頭《もくのかみ》(6)の藤原範季殿である。

範季殿はかつて、常陸国（茨城県）の国司《こくし》(7)に任命されて任地に向かう途中に蒲御厨を通り、そこでたまたま私の存在に気づいた。そして、曲がりなりにも源氏の高貴な血を引く私が、庶民に混ざってこんなみすぼらしい暮らしをしていてはならぬと、私を引き取って育ててくれた。さらに、将来のことを思えば武士としての素養を積んでおいたほうがよいだろうと、蒲御厨周辺にあった自分の荘園を警護する役目を与えてくれたのである。

できればこのまま、範季殿の庇護のもと、生まれ育った蒲御厨で名もなき武士としてのんびりと一生を過ごせたら、どんなによかったことか。

だが、そんな気楽な暮らしが永遠に続いてくれるはずもなかった。

頼朝兄さまが、平家打倒を掲げて伊豆で挙兵したからである。

私は最初、その動きを無視し、兄さまの元には駆けつけなかった。


だって、兄さまの元に出向こうにも、小さな荘園の警護役にすぎない自分にはろくに配下の武士もいないのだ。

荘園を守るためという名目でいちおう手下はいるが、彼らは皆、普段は野良仕事をしているただの作男《さくおとこ》である。そんな奴らに、蒲御厨の地を離れて源氏のためにともに戦おうだなんて言っても、じゃあその間、うちの田畑はどうするんですかい？　と聞き返されて終わりだ。

一方で義経は、挙兵後間もない頼朝兄さまが平家に敗れて房総半島をうろうろと逃げ回っている頃にはもう、平泉を出発して兄さまの元に向かっている。義経の兄の義円だって寺を抜け出して、叔父の源行家殿とともに旗揚げをした。

七男の全成は、私に言わせれば一番上手に立ち回っている奴だ。全成が頼朝兄さまのもとに馳せ参じたのは兄弟の中で一番早かったのだが、幼い頃に無理やり出家させられたのをいいことに「我は仏の道に進んで父の菩提を弔い、武ではなく法力をもって兄さまをお支えしたい」などと申し出て、まんまと戦場に出ることを回避した。そして頼朝兄さまから、長尾寺という立派な寺を与えられている。

そんなわけで、もはや兄弟の中で何も行動を起こしていないのは私だけとなってしまった。こうなってはもう、何ひとつ言い訳のしようがない。


「義円が死んだ時、お主はどこにいたか？　と聞いているのだ」

「ははっ！　我が根城の蒲御厨にて……守りを固めて、おりました」

私が言い淀むと、頼朝兄さまはにこりともせず皮肉を言った。

「ほう。蒲御厨と、義円が死んだ墨俣川。目と鼻の先であるな。にもかかわらずお主は、義円と行家殿の挙兵に合流するでもなく、指をくわえてただ傍観していたと」

「……」

「それで、平家の奴ばらが義円を討ち取った余勢を駆って、東海道の源氏勢をじわじわと切り取り始めたところで、お主は蒲御厨を捨てて儂のところに馳せ参じたと」

「う……」

言葉が出なかった。私は黙るよりほかになかった。頼朝兄さまの指摘は、ぐうの音も出ないほどに図星だったからだ。

そのまま、気まずい沈黙が延々と続く。

早く終わってくれこの苦行、と思ったが、そんな私の気持ちを読みきったかのように頼朝兄さまは何も言ってくれない。ぞっとするほどに無表情のまま、ただ静かに私のことを睨んでいる。この厳格な兄さまを相手に、曖昧にごまかすということは一切通用しなさそうだ。

頼朝兄さまの圧に屈した私は、とうとう観念して、自分から詫びの言葉を発した。

「は……馳せ参じるのが大変……遅く……なりましたこと、深くお詫び申し上げます。この六郎範頼、これより兄さまの股肱《ここう》となって、身命を賭して平家追討のために力を尽くしていくことを、ここにお誓いいたします」

なんとか言葉を絞り出したのに、それでも兄さまは何も言ってくれない。しばらく重苦しい沈黙に耐えていたら、その空気を凛と引き裂くように、よく通る若々しい声が横のほうから聞こえてきた。

「頼朝兄さま。先ほどからの範頼兄さまへの接しよう、あまりにも酷ではございませぬか」

声の主は、私より九歳も年下の弟、義経だった。

その歳は二十三。それなのに風貌はまるで少年のようで、頬はほんのりと赤みがさしている。目がきらきらとしていて、元気のよい瞳を見つめているだけで、こちらもつられて活力が湧いてくるような、不思議な雰囲気がある。

義経は薫風のごとき爽やかな微笑を浮かべながら、真っ青な顔をして冷や汗をかいている私に助け舟を出してくれた。

「だって、蒲御厨におられた頃の範頼兄さまのお立場は、あくまで荘園の番人にすぎなかったのでござりましょう。それではおそらく、ろくな手勢もお持ちでなかったはず。私も平泉で似たような立場でしたから、その肩身の狭さと歯がゆさはよくわかります。

そんな有様で、襲いかかってきた平家の大軍に真っ向から歯向かったところで、ただ犬死するのみでござります。それゆえ範頼兄さまは、無理をせず難を避けて、頼朝兄さまのお力を借りようとされたのではありませぬか？」

頼朝兄さまに異を唱えるなど、恐ろしくて私には到底できそうもない。それなのに義経は、驚くほどの気安さで頼朝兄さまに堂々と自分の意見を述べた。

しかも、それを聞く頼朝兄さまのほうも、生意気だとか失礼だとか義経に腹を立てることもなく、素直に「なるほど」と、その意見に相槌を打っている。

「私めも、頼朝兄さまのもとに馳せ参じた時には数人の郎党を連れたのみで、何のお役にも立てぬ微力の身でございました。範頼兄さまも、同じような身の上でありながらせっかく頼朝兄さまの元にお越しくださったわけではありませぬか。

我々は、からくも生き残った数少ない兄弟にござりましょう。私はぜひとも、範頼兄さまとともに、轡《くつわ》を並べて平家と戦いたく存じます」

きっぱりとそう言いきった義経は、よく澄んだ目で頼朝兄さまをまっすぐに見つめた。その、あまりに迷いがなく自信に満ちあふれた視線に、頼朝兄さまは何やら戸惑ったような様子だった。

そして最後は義経の圧に負けたか、相変わらず口調は不機嫌そうであったが、やれやれといった態で私にこう言い渡した。

「武蔵国（埼玉県）吉見に、ちょうど平家に与力した者を追い払って空いたばかりの土地がある。そこを与えるから、戦いに備えて自らの郎党を集めよ」

その言葉を聞いて私は、思わず安堵のため息が漏れそうになるのを慌てて押し殺した。せめて返事くらいは最高のものを返さねばと、腹の底から声を絞り出した。

「ははっ！　兄さまのありがたき御恩、この一身を以てお応えいたします！」

吉見など、どこにあるのかも私は知らない。

でも、とりあえずこの気まずい場を終えることができ、鎌倉を出て兄さまから離れた土地に住めることに何よりほっとした。

「天野。天野遠景《とおかげ》はおるか」

「ははっ。ここにおりまする」

「範頼はまだ、来たばかりで鎌倉のことをよく知らぬ。お主がいろいろと教えてやれ。範頼には吉見の地で、儂の代官として、常陸の佐竹《さたけ》や志田《しだ》などに睨みを利かせる役を任せることになるから、その役どころをきちんと頭に叩き込ませるのじゃ」


頼朝兄さまの御前を下がった私は、部屋を出て廊下をしばらく歩いたところで、背中がびっしょりと汗で濡れていることに初めて気づいた。なんだか五年分くらい、どっと老け込んだような気がした。

そこに義経が子犬のように元気よく駆け寄ってきて、人懐っこい笑顔を浮かべながら声をかけてくれた。

「兄上、これからは兄弟で力を合わせて頑張りましょうね」

まっすぐな目で前向きなことを言われて、私は心がちくりと痛んだ。

「ああ。そうだな」

口ではそう答えたが、自分でも空虚な返事だと思った。

源氏も平家も、正直に言えば私はどうだっていい。もし戻れるのなら、今すぐにでも蒲御厨に帰って、勝手気ままでのんびりとしたこれまでの人生を再開したいというのが偽らざる私の本音だ。

でも、そんな本音を悟られたら、この純粋無垢な義経は、私にどんな軽蔑のまなざしを向けるだろうか。この澄みきった瞳が失望で濁る様子を見たら、自己嫌悪で死にたくなってしまいそうだ。

私はことさらに余裕のある風を装って、落ち着き払った「頼れる兄上」を演じた。九つも年下の弟を相手に意味もなく虚勢を張って、自分でも滑稽だと思った。


「さっきは、義経にとりなしてもらって本当に助かったよ」

「いいんですよ兄上。頼朝兄さまは厳しいお方ですから」

「いつもあんな風なのか、兄さまは」

「ええ。でも、御台所《みだいどころ》(8)に叱られて子供のようにしょんぼりしている時もありますし、双六で私に負けた時など、往生際悪く勝つまでやり続けようとしますし、可愛いところもおありですよ」

「え？　義経、お主、兄さまと双六なんてするのか？」

「ええ。こう見えて私、双六は大得意ですから。頼朝兄さまもかなりお上手なほうですが、十回やれば八回は私が勝ちますね」

「はあ、そうなのか――」

あの頼朝兄さまが御台所に頭が上がらないなんて、とても想像がつかないし、双六のような遊びに興じるなんてのも信じられない。

そもそも、この義経という弟は、頼朝兄さまに対しても平気でずけずけと物を言うし、いったいどれだけ図太い神経をしているのか。あの鷹のような目でギロリと睨まれても、義経は怖くないのだろうか。

一緒に双六で遊ぼうだなんて、そんなこと私は絶対に口に出せないし、だいたい、緊張してしまってちっとも楽しめないと思う。


義経は、もともとの顔の作りが口角が上がって目尻が下がったようになっていて、無表情にしていてもニコニコと機嫌よく笑っているように見える男だった。その笑顔とともに、よく通る声で何かを言われると、たしかに義経の言うとおりなのかもしれないと自然に思い込まされてしまう不思議な説得力がある。

ただ、人当たりのよい好青年だなとは思う一方で、義経は何があっても常に微笑んでいるので、「こいつは何を考えているのだろう?」とときどき心の奥底が見えず不安になることがある。「平家打倒」などという、私にしてみたらうさん臭いとしか思えない目標を無邪気に信じて疑わないところも、私とは正反対だ。

そんなわけで、義経はとても可愛い弟だとは思うものの、私は義経と話していると、どうにも調子が狂うのだった。


「範頼殿。拙者、天野遠景と申します。以後お見知りおきを」

見たところ私より十歳ほど年上の温和そうな武士が歩み寄ってきて、礼儀正しく深々と頭を下げてきたので、私も慌てて礼を返した。

「さきほど頼朝様より、範頼殿にいろいろとお教えするよう仰せつかりましたので、まずはこの鎌倉の地を案内《あない》いたしましょう」

天野遠景殿がやってきたので、義経は「それでは私はここで」と暇《いとま》を告げて颯爽と去っていった。弟がいなくなって格好をつける必要がなくなった私は、天野殿にすがるような調子で頼んだ。

「は。ぜひお願いいたす。私はまだ来たばかりで右も左もわかりませぬゆえ、これまで大変心細い思いをしておりました」

「それなのに、いきなり頼朝様にあんな風に冷たくあしらわれるとは、範頼殿も本当に災難でござりましたなぁ」

天野殿にそう同情されて、私は鎌倉に来て初めて、ようやく救われた気がした。

思えば鎌倉に来てから会った人たちは皆、荒々しい坂東武者たちであったり、頼朝兄さまや義経といった、どこか得体の知れない兄弟たちであったり、どうにも馴染めない人物ばかりだった。

それと比べて天野殿には坂東武者らしからぬ穏やかで控えめな雰囲気があり、どこか自分と同じ匂いが感じられて、初対面だというのに妙な親近感があった。

「そう思われますか？」

「ええ。私などは頼朝様を古くから存じ上げているので慣れっこですが、とても気難しい方ですからね。新しく来られたばかりで頼朝様のご気性をよく知らない方は、最初は皆苦労されるのではないかと思いますよ」

「皆さま、どんな点でご苦労を？」

「まず、隠しごとは大のお嫌いです。だから範頼殿が最初、馳せ参じるのが遅くなった理由《わけ》をはっきりと口にされなかった時は、心底肝を冷やしました」

天野殿にそう言われて、私は急に恥ずかしくなってきた。遅参の理由をごまかそうとする私の浅はかな思惑は、頼朝兄さまだけでなく周囲の人たちにも全部お見通しだったということか。

「それから、自らの判断で勝手に動くのをひどく嫌われます。ですので、あれをやった、これをやったと、うるさいくらいにお報《しら》せしたほうが、頼朝様は喜ばれますよ」

「はあ、そうですか」

今まで私は、蒲御厨の警備役として勝手気ままに暮らしてきた。仕事といえば荘園に野盗が入ってくるのを防ぎ、年貢を京に輸送する途中で奪われないよう、下男たちを指揮して護衛するくらいのものだ。何も問題が起こらなければ、荘園の持ち主である養父への報告など、ろくにしたことはなかった。

なんだか、窮屈になったなあ。

これが世の流れであり、長い者に巻かれなければ生き残っていけないので仕方ないとは理解しつつも、この恐ろしい兄さまの下で生きる自分のこれからの人生を思い、私は深い深いため息をついた。

二．旭将軍

寿永二年（一一八三年）五月十一日、木曽に拠点を置く源義仲《よしなか》が、平維盛率いる十万騎もの追討軍を倶利伽羅峠《くりからとうげ》に誘い込み、夜襲によって完膚なきまでに打ち破った。余勢を駆って京に攻め上った義仲は平家を追放し、京に君臨する。その間、頼朝は鎌倉にあって何ひとつ動こうとせず、義経は焦りを覚えるのだった。

私は、軍議の席が嫌いだ。しかつめらしい顔をしたお偉方がずらりと並び、何やら難しそうなことを順番に言い合うのだが、実はその内容の半分も私はよく理解していない。でも、理解していないことを気取られたら皆に馬鹿にされるから、ひたすら黙って聞いている。

頼朝兄さまがときどき、何の前触れもなく、

「それで、範頼はどう思う？」

などと尋ねてくるので、長ったらしい軍議の間は全くもって気を抜くことはできない。かといって指名されても私はろくな意見を持っているわけではないから、

「そうですね、大筋は私の考えも同じです」

と答えて、その前に発言していた人の言ったことをそのまま繰り返すだけだ。

ここで「意見はありません」と正直に言うと馬鹿みたいに見えるが、「大筋は」同じだと言って猿真似をしておけば、前の人が言ったしっかりした意見をそのまま拝借できるうえに、「少々の意見の違いはあるのだが、そこは黙って飲み込んでやった」という大物感をなんとなく演出できる。

そんな、くだらない技術だけがやたらと身についた。


その日の軍議は、木曽《きそ》義仲（源義仲）への対処に対する議論に終始した。

その日に限らず、最近の議題はもうほぼ毎日が木曽義仲だ。私にはよくわからないのだが、よほど状況は切迫しているらしく、吉見の里でのんびりと頼朝兄さまの目を離れて暮らしていた私もいきなり鎌倉に呼びつけられ、退屈な軍議に何日も意味もなく同席させられ続けている。

侍所《さむらいどころ》(9)、公文所《くもんじょ》(10)、問注所《もんちゅうじょ》(11)といった鎌倉の主要な政庁は、三年前に鶴岡八幡宮

のすぐ東側、大倉の地にまとめて建てられた。そこに連日、三十名ほどの名だたる重臣たちが集められては、頼朝兄さまの御前で侃々諤々《かんかんがくがく》と激論を繰り広げている。その迫力に圧倒され、私はとても自分からそこに口を挟むことなどできなかった。

そんな不甲斐ない私に比べて、義経の奴はすごい。

梶原景時殿や土肥実平殿のような、自分より二十歳近く年上の重鎮たちを相手に、義経は何ひとつ気後れせずにハキハキと自分の意見を述べている。もちろん、頼朝兄さまに対しても一切の遠慮はない。

「兄さまは、義仲殿が京を押さえたというのに、何を悠長に東国に引っ込んでおられるのですか。このままでは義仲殿が後白河法皇を楯にとって朝廷を牛耳り、我らは永遠にその下風に立たされることになりますぞ」

義経は頼朝兄さまの鋭い視線にも全くたじろくことなく、兄さまの目をまっすぐ見つめ返しながら、あまりにも単刀直入で歯に衣着せぬ物言いをする。私なんかは横で聞いているだけでも、恐ろしさで寿命が縮まるような気分だ。

だが、頼朝兄さまはそんな義経の生意気な発言を、どこか満足げな微笑すら浮かべながら黙って聞いているのだ。なぜこんな発言をしても怒られないのか、私としては実に不思議でならない。

「まあ、焦るな義経。黙っていても、我々が京に攻め上る時はじきに来る。今はただ、この坂東の御家人の結束を固め、我々にとって鉄壁の金城湯池《きんじょうとうち》となすことが肝要じゃ」

「しかし、義仲殿は最近では旭将軍と呼ばれ、飛ぶ鳥も落とす勢いだと」


いま、京の都では一大事件が起きていた。

ほんの数年前までは「平家にあらずんば人にあらず」とまで言われて繁栄の限りを尽くしていた平家が、木曽から攻め上った木曽義仲の軍勢に追われ、あっさりと京を捨てて西の福原に逃げ去るという事態に追い込まれたのだ。誰一人として、まさかこんな展開になるとは夢にも思っていなかった。


平家には、三年前の頼朝兄さまの挙兵を早い段階で潰せなかったことへの反省があった。挙兵直後のまだ弱小勢力だった兄さまを、石橋山の戦いで破った時にきちんと討ち取ってさえいれば、鎌倉が今のような手のつけられない大勢力に成長する事態は避けられたのである。

そこで平家は、木曽義仲の挙兵の報が伝わると、今度こそは力をつける前にさっさと潰しておくに限ると、万全を期して平維盛に十万もの兵を授けて木曽に送り込んでいた。これを見て、平家方だけでなく源氏方ですら、もう木曽義仲は終わったなと思っていたのだ。

ところが地理を熟知していた義仲は、平家の大軍を巧みに倶利伽羅峠の山中に誘い込むと、深夜に夜襲をかけたのだった。

義仲は三方を隙間なく囲んで攻め立て、わざと一方向だけを空けておいた。そのせいで、大混乱に陥った平家軍は暗闇の中、敵のいない方向に向かって我先に逃げ出した。しかしそこは切り立った深い崖になっていて、暗くて前の見えない平家の将兵たちは、次々と足を踏み外して谷底に落下していった。

この、倶利伽羅峠での大敗北で平家の威信は大きく傷ついた。そして何より、十万もの将兵の大部分をたった一晩で失った痛手は大きかった。勝ち戦の勢いに乗じて京に一気に攻め上ろうとする木曽義仲をこれでは防ぎきれないと判断し、平家は京を捨て、本拠地の福原への撤退を決めたのである。

平家はその際に、後白河法皇を半強制的に福原に連行するつもりだった。

だが平家を嫌っていた後白河法皇は、秘かに御所を逃げ出して比叡山に籠ってしまった。数千人の僧兵に守られた比叡山は鉄壁で、さすがの平家であっても簡単に手を出すことはできない。木曽義仲の軍勢がすぐそばに迫る中、平家は後白河法皇の身柄の拘束を諦めて逃げるしかなかった。

福原に落ちのびた平家のもとには、平清盛の孫にあたる安徳天皇がいる。だが、安徳天皇はまだ七歳だ。実質的な天皇家の主《あるじ》が後白河法皇であることは、誰もが暗黙のうちに認めるところだ。

つまり後白河法皇を手放した平家は、天皇家の後ろ楯を失ったということにほかならない。現に後白河法皇と木曽義仲は、さっそく安徳天皇を廃位して、自分に都合のよい別の天皇を新たに立てようという相談を始めたという話も伝わってきている。

「義仲殿は、恐るべき男です」

木曽義仲の顔を見たこともないというのに、義経は迷いのない口調でそう断言した。そのゆるぎのない自信は、いったいどこから来るのか。

「倶利伽羅峠の戦いについては、皆がその夜襲の鮮やかさばかりを褒め称えております。しかし、私がそれよりも恐れているのは、義仲の軍がたった五千騎ほどの少数にもかかわらず、十万にも及ぶ平家の大軍を目の前にしながら、ほとんど逃走する者を出すことなく、ひるまず勇敢に戦っていたということです」

義経の言葉を聞いて、頼朝兄さまが、「お？」と一瞬だけ意外そうな顔をした。たしかに私も、そのような視点であの義仲の戦を考えたことはなかった。

「それほどまでに家臣から信じられているということだけでも、義仲殿の非凡さがわかるというものです」

木曽義仲は我々の従兄弟にあたる男である。姓は源だが、木曽の山奥で生まれ育ったことから、出身地の名を冠した木曽義仲という名前のほうがよく世に知られている。同じ源氏の生まれで血縁も近いのだから、そんな義仲が憎き平家を撃ち破り京に入ったというのは本来喜ばしいことのはずなのだが、事態はむしろ逆だった。

源氏は昔から、源氏一族の内部抗争のほうが他の家との勢力争いよりもよっぽど血なまぐさいという、非常に鼻息の荒い一族だ。我々の父・源義朝と、木曽義仲の父・源義賢《よしかた》は不倶戴天《ふぐたいてん》の敵だった。二人は泥沼の戦いを繰り広げ、最終的に義賢は父に討ち取られている。つまり義仲にとって我々は、父の仇の息子である。平家などよりもよほど憎い存在に違いない。

だから、木曽義仲が京で後白河法皇の身柄を押さえたというのは、我々兄弟にとっては由々しき事態なのだった。

もし義仲が天皇家の権威をもって天下に号令をかけ始めてしまったら、親の仇である我々は真っ先に朝敵と認定され、征伐の対象とされるだろう。宿敵のはずの平家よりも、義仲を相手にするほうがよほどたちが悪いのだ。

「義仲殿は、倶利伽羅峠の戦いを見れば一目瞭然な、稀代の戦上手でございます。彼がこれ以上力をつける前に、討っておくに越したことはありませぬ」

　強い意志のこもった声でそう力説する義経に対して、頼朝兄さまはゆっくりと間を置いて、慎重に口を開いた。

「いや、義経よ。世はまだ二年前の大飢饉から立ち直ってはおらぬ。京も食糧の蓄えは乏しいと聞いておる。ろくな大義名分もなく、こんな最中に義仲に対して戦を起こすなど、自ら身を滅ぼすようなものじゃ」

「しかし、義仲殿は日の出のごとき勢いで――」

「今だけじゃよ」

　つまらなそうな顔をした頼朝兄さまが、そう言って義経の言葉をあっさりと断ち切った。

「焦らずとも、そのうち勝手に義仲めは仰向けに転げ落ちる。そして義仲を討つ大義名分など、あちらのほうから勝手にやってくるわ」

「……」

　やけに確信に満ちた兄さまの口調だが、どこにそんな根拠があるのか。

「考えてもみよ義経。飢饉で諸国からの年貢の運上が途絶え、飢えた京の町にいま、何万にも膨れ上がった義仲の兵士たちが我が物顔でたむろしておるのじゃぞ。あっという間に京の食糧は食い尽くされ、奴は声望を失う」

「しかし本当に、そのようなことが起こるのでしょうか」

「起こる。しかも義仲は調子に乗って、己に都合のいい北陸宮《ほくりくのみや》（以仁王の子）さまを次の天皇に据えようなどと、身のほどもわきまえず馬鹿なことを言っているらしい。そんなもの、後白河法皇さまがお認めになるわけがない。二人はすぐに険悪になる」

頼朝兄さまは日頃から、京の朝廷のさまざまな消息筋と頻繁なやりとりをしている。それを通じて、朝廷内部の動きを手に取るように把握しているようだった。

「だから儂は、義仲と正反対のことをしようと思う」

「正反対？」

「義仲が院や公家に対して威をふるうのなら、儂は院や公家に従順な姿勢を示す。義仲が平家を討って西国に勢力を伸ばそうとするなら、儂は坂東で力を蓄える」

それを聞いた義経が不服そうに、頼朝兄さまの方針に異を唱えた。

「しかし、それで義仲がまんまと平家を倒して西国を手に入れてしまったら、次に狙われるのは我々でございますぞ。その時にはもう手遅れにござる」

するとうんざりした表情の頼朝兄さまは、まるで未来を見てきたかのように、ひとつも迷いのない口調できっぱりと断言した。

「義仲が平家を倒すことは、ないよ」

あまりにも平然と、当たり前のようにそう言いきるものだから、軍議に参加していた諸将たちはざわつき、思わず互いに顔を見合わせた。私は、頼朝兄さまが何か得体の知れない化け物のように思えてきて、薄気味悪さを覚えた。

この兄さまは、天才だ。私などとは見ている世界が違う――


そしてその二か月後、果たして事態は頼朝兄さまの言ったとおりになった。

日の出の勢いの義仲の傘下に入れば行く末も安泰だと、時流を見た各地の武士たちは我先に義仲のもとに馳せ参じた。その結果、兵数が数万騎にも強化されたのはよかったのだが、それで義仲軍はあっという間に兵糧難に陥り、飢えた兵たちはやむを得ず、京の人々の家に押し入って食糧を強奪したのだ。

将兵の乱暴狼藉などというものは、古くからの戦場のならいであり、本来なら特段咎められるようなことではない。

だが、不人気だった平家を追い払った木曽義仲への期待がなまじ高すぎただけに、裏切られたという人々の落胆は大きかった。口さがない京の人々は途端に「木曽の山猿はやはり人の心を持たぬ」などと陰口を叩くようになった。

威張り散らしていた平家を京から追い払ってくれた英雄たちが、ほんの数か月ですっかり地に堕ちた。義仲自身も、安徳天皇の次の天皇に誰を推すかで後白河法皇と衝突し、今では完全に厄介者扱いだ。

あれだけ義仲を持ち上げていたのに、京は、恐ろしいところじゃ――

私は、兄上が頑なに鎌倉を離れず、一向に京に攻め上ろうとしなかった理由をやっと理解できた気がした。

ついこないだまで後白河法皇は、平家を追っ払ってくれた木曽義仲のことを、まるで全ての源氏の棟梁であるかのように調子よくおだてていたのだ。それがいまや、掌を返すように「なぜ平家を逃がしたのだ、早く西に行って滅ぼしてこい」と冷たく突き放す始末だ。

そして、京を追い出されるように平家討伐に向かった義仲は九月、備中国（岡山県）の水島での戦いで平家の水軍にいいように翻弄され、壊滅的な大敗北を喫したのだった。勝手知ったる木曽の山中では無類の強さを誇った義仲も、水軍の使い方が鍵を握る西国での戦いでは、自分の庭で戦う平家を相手に本来の実力をほとんど発揮することができなかった。

義仲の敗報が入ってきたのは、頼朝兄さまと義経と三人で雑談をしている時だった。それを聞いた頼朝兄さまは喜ぶでもなく驚くでもなく、静かに言った。

「言っただろう義経。こういうことだ。人心を失った軍は脆い。戦とは人の心のありようで八割方は決まるのじゃ。京で人望を失った時点で、義仲めの敗北はすでに確定していた」

「ははっ！　頼朝兄さまの慧眼、まことに感服いたしました」

「お主もいずれ、平家を討つために西へゆくだろう。義仲めの敗北から学べることは多いぞ」

「はいっ！　この義経、来たるべき平家との決戦に備え、厄介な水軍との戦いをどう進めるべきか、今のうちから思案しておくようにいたしましょう」

兄と弟、二人の天才が繰り広げる高度すぎる会話の間で、私はただ、観音様のようなぼんやりした笑みを作って、黙って座っていることしかできなかった。

この戦いで義仲は一族の足利義清《あしかがよしきよ》・義長《よしなが》兄弟や海野幸広《うんのゆきひろ》といった有力な武将を討ち取られ、京まで逃げ帰っている。そんな義仲を、京の人々はこれ見よがしに陰であざ笑った。

あれほど威勢のよかった山猿どもが、いい気味じゃ。

しょせん義仲は、木曽の山奥でしか生きられぬ猿ということ。それに引き換え、鎌倉の源頼朝殿は、ずいぶんと穏やかで話の通じる、徳のあるお方らしいぞ――

京の庶民にも、朝廷にも見放された木曽義仲。かつての旭将軍が急速に転落していく傍らで、頼朝兄さまは利口――というか実に狡猾だった。

兄さまは、まるで義仲への当てつけのように、いち早く後白河法皇に対して媚びを売るような申し状を送りつけて、義仲とは一味も二味も違う自分を強烈に法皇に印象づけたのである。

「平家が勝手に私有していて源氏が奪い返した土地は、元の持ち主である朝廷や貴族に戻す。降伏した平家の者は斬罪しない」

兄さまが朝廷に提出したそんな内容の申し状を見て、法皇や貴族たちは小躍りした。

平家といい木曽義仲といい、武士という野蛮な奴らは、どいつもこいつも朝廷を軽んじ、敵だと見なせばすぐに首を斬れと騒ぐ、血なまぐさい乱暴者ばかりだ。

だが、頼朝という男からは、人として当たり前の礼節を重んじ、ちゃんと天皇と朝廷を敬おうとする、殊勝な態度が見て取れる――

武士たちの粗暴さにいいかげん辟易していた法皇や貴族たちは、自分たちに都合よく振る舞う頼朝兄さまの従順な態度に、あっけないほど簡単に食いついた。

頼朝兄さまが残酷なまでの正確さで見抜いていたとおり、兄さまはただ義仲と正反対のことをしているだけなのに、義仲は勝手に株を下げ、相対的に頼朝兄さまの株はうなぎ登りとなっていく。そしてついには、頼朝兄さまは後白河法皇から、破格の権利を認める宣旨《せんじ》(12)を勝ち取ってしまった。

その内容は、朝廷の公領と貴族の荘園からの年貢をきちんと納めさせることを条件に、頼朝兄さまの東海道と東山道の支配権を認めるというものである。それまでの兄さまは公式にはずっと罪人のままだったのだが、これも正式に赦免されて元の官位に戻された。こうして頼朝兄さまは、名実ともに東国の覇者となった。

私は妖《あやかし》を見せられているかのように、物事が次々と兄さまの思う壺となって進んでいく状況に、ただ目を白黒させるよりほかになかった。

養和の大飢饉の原因となった、三年前の夏ほどの酷暑ではないが、寿永二年（一一八三年）も日照り続きの暑い夏だった。

ようやく暑さが和らぎ、今年の秋の稲穂の実りに誰もが気を揉んでいた十月、私と義経は鎌倉の頼朝兄さまの屋敷に呼び出された。

私が義経と連れ立って参上すると、重臣たちは席におらず、広々とした部屋には我々兄弟三人だけしかいない。頼朝兄さまは、もっと近くに寄れと我々をうながすと、互いの額を突き合わせるくらいまで顔を近づけて、ぼそりと言った。

「ようやく、機は熟した。後白河法皇も我々の上洛を待っておられる」

それは小さなささやきだったが、声には不退転の決意がこもっていた。待ってましたとばかりに、義経が無邪気にぱっと目を輝かせた。

「おお！　兄さま、ついにご決断されたのでござりますな！」

ところが、頼朝兄さまはそんな義経を目で制して、いったん落ち着かせた。

「法皇様は、義仲がいつ我が身に乱暴狼藉をはたらくやもしれぬと、恐怖に怯えておられる」

「ええ。一刻も早く京に駆けつけて義仲殿を蹴散らし、法皇様のご宸襟《しんきん》を安んじることこそが我らの使命――」

「いや。違うぞ義経」

「……え？」

「もう少し焦らせば、我々のありがたみはもっと増す」

低い声でそうつぶやいた時の頼朝兄さまの顔を、私は今でもよく覚えている。

口角は上がっているが視線は氷のように冷たく、笑っているようでもあり、睨みつけているようでもあった。私はその心の奥底を推し量ることができず、とにかく不気味だったことが強烈に印象に残っている。

「義仲は、法皇様の言うことに馬鹿正直に従いすぎたのだ。そのせいで侮られて、せっかく平家を京から追いやったというのに、その功はすっかり忘れ去られて、駄馬のように気軽に使い倒されて終わった。儂はそんなに、甘くはない」

義経が、幽霊を恐れる子供のような怯えた顔で尋ねた。

「……では、法皇様を見殺しにするというのですか？」

「いや。いったんは儂が自ら鎌倉を出陣するが、すぐに途中で引き返すことにする」

「え？」

「まあ、これは法皇様を追い込むための、ちょっとした芝居だな」

「芝居？」

「一度は希望をちらつかせておいて、そして引っ込める。ぬか喜びしただけに、絶望もひとしおだ。儂の助けがなければ何もできないことを、法皇様にはきちんと分かって頂かねばならぬ」

とんでもないことを言う人だ、と私は恐ろしさで腰が抜けそうになった。後白河法皇といえば、この国を統《す》べる治天の君だ。法皇様のご命令とあらば、全てを後回しにしてでも最優先で対応し、命を捨ててでもやり遂げるのが当然ではないか。

それなのにこの兄はいつも、まるで法皇様と自分が対等の存在であるかのような発想をする。私などは、そもそも全て絶対であるはずの法皇様のご意向に対して、駆け引きを仕掛けるという時点でもう、恐怖で失禁しそうになっているというのに。

私は、恐る恐る頼朝兄さまに尋ねた。義経も不安そうな顔だ。

「しかし……そんなことをしたら法皇様はお怒りになるのでは？」

だが、頼朝兄さまはさっぱりした表情で、平然と言ってのけた。

「問題ない。ちゃんとした理由《わけ》があれば、法皇様も怒るに怒れないからな。法皇様には、このところ毎年のように日照りが続いて、飢饉が終わる見込みが一向に立っておりませぬ、と申し上げるつもりだ。そして、そんな折に大軍を率いて京に攻め上っては、義仲が上洛した時の二の舞になってしまう恐れがある、とご説明するのじゃ。

飢えた義仲軍の乱暴狼藉の数々は、法皇様も記憶に新しかろう。それゆえに我々はいったん出陣を見送ることにしましたと言えば、それでも無理に京に来いなどとは法皇様も軽々しくは言えないはずだ」

「そんな、法皇様を脅すような真似を……」

するとの頼朝兄さまは、ニヤリと笑って言った。

「何を言うか義経。ひとつも脅してなどおらぬではないか」

「え？」

「我々だって一刻も早く、法皇様をお救いしたいのじゃ。だが、大軍で京に押しかけなぞしたら、京の方々にたいそうご迷惑をおかけしてしまうだろう。だから儂も、断腸の思いでわざわざ遠慮しているのだぞ。実に慎ましい態度であろうよ。

もし、それでも来いと法皇様が言うのであれば仕方はあるまい。それで万が一京の町が荒らされたとしても、それは全て法皇様のご意向じゃ。我々の責ではない」

「うわあ……」

クククと意地の悪い含み笑いを漏らす頼朝兄さまに、義経も私も絶句して何も言えなかった。なんと性格が悪く、そして、同じ一族の棟梁としてはなんと頼りになる兄だろうか。

「それで義経、お主にはひとつ、頼みたいことがある。

お主は小勢《こぜい》を率いて、儂の代官として京に向かうのだ。さすがに一兵も送らないのでは世間の印象もよろしくないが、お主を差し向けておけば、我々は法皇様を完全に見捨てたことにはならない。それに形としては一応、義仲は西に平家、東に我々という大きな敵に挟まれたという形になる。

義仲も大いに焦るだろうし、世間の目にも、義仲はいよいよ落ち目になったというふうに映るだろう。そうなれば戦わずとも、奴の元からは黙っていても人が離れていくはずだ」

その命令を聞いた義経は、それまで浮かべていた不安げな表情を一変させ、途端にきらきらと目を輝かせた。その生き生きとした顔はまるで、投げた棒きれを取ってこいと飼い主に命じられた犬のようだった。

「かしこまりました兄さま。必ずや、義仲めを倒してまいります！」

すると頼朝兄さまは苦笑しつつ、元気よく返事をした義経をたしなめた。

「いや、義経よ。くれぐれも勘違いするでない。お主の役目は義仲を倒すことではないぞ。あくまで牽制じゃ。

我々は軍を小出しにして、もっともっと法皇様を焦らさねばならぬ。それで、我々のありがたみが法皇様の骨身に沁みたところで、しかるべき時にまとまった軍勢を送り出して、一気に義仲を倒す。それゆえ、その時が来るまでは、決して義仲へまともに戦を仕掛けることはならぬぞ」

「ですが、早くしなければ法皇様の身に、もしものことが起こってしまうやも……」

心配そうに訴える義経に向かって、頼朝兄さまは事もなげに即答した。

「それはそれで――我々にとって別に不都合ではあるまいよ、義経」

私は、雪の上に尻餅をついた時のように、悪寒が腰のあたりからぞわぞわと上がってくるのを感じた。

　こんな不遜な言葉をもし我々兄弟以外に聞かれてしまったら、頼朝兄さまは即座に身の破滅だろう。それなのに兄さまは別に恐れるでもなく、堂々とした態度は普段と全く変わるところはない。

「ま、義仲もさすがにそこまでの狼藉はせぬだろうから、安心せよ義経。我々はただ、我々のやるべきことを静かにこなすだけじゃ。義仲めがどう動こうが、やることはひとつも変わらぬ」

　義経は最初、頼朝兄さまの真意を量りかねて若干戸惑っている様子だった。だが、この言葉を聞いて、なんとか自分を納得させたようだった。

「ははっ！　それではこの義経、急ぎ京に向かい、義仲めの鼻先で跳ねまわって、奴が枕を高くして眠れないように追い込んでやりましょうぞ！」

　その瞳には、まるで義仲相手に勝利を収めている自分の姿が、すでに瞼の裏にはっきりと描けているかのごとく、ゆるぎない自信があふれんばかりに表れていた。


　そして実際その後、義経はこの遠征がほぼ初陣だったにもかかわらず、期待以上の戦果を挙げてみせた。

　義経はまず、少人数ながら果敢に不破の関（現在の関ケ原）とその周辺を脅かして義仲の肝を冷やした。不破の関が破られては一大事と、義仲は慌てて増援を送ったが、義経は増援が到着する前にあっさりと軍を引き揚げ、そのまま伊勢国（三重県）に転進した。そこでも頼朝兄さまに味方する者を募るなど精力的な活動を続けている。

義経が与えた損害は、藪の中で体のあちこちを蚊に刺されたようなもので、実害はほとんどない。だが、このむず痒さは義仲の神経をいたく刺激した。頼朝兄さまが自分にはっきりと敵意を向けたことを感じ取った義仲は、いよいよ焦りを募らせ、自滅への道を転がり落ちていった。

我々を討つ大義名分が欲しい義仲は、頼朝兄さまを朝敵と認定し、追討を命じる宣旨を出すよう後白河法皇に迫った。だが、とっくに義仲を見限っている法皇様が、そんな自分勝手な要求を素直に受け入れるはずもない。

頼朝を討ちたいのなら院に頼らず自分一人で勝手にやれ、それよりも平家追討のほうはどうなったのだ、このまま京に居座るのであれば謀反とみなすぞ、という法皇様からの横柄な返答を受け取ったことで、義仲の堪忍袋の緒は完全に切れてしまった。

「法住寺殿を討て。君側《くんそく》の奸《かん》から法皇様を引き剝がすのだ！」

義仲はそう叫ぶと、後白河法皇の住まう法住寺殿を襲撃するよう家臣たちに命じた。

名目としては、法皇様をたぶらかしている悪い側近どもを誅殺するのだと唱えてはいたが、そんな説明を誰一人として信じるわけもない。法皇様をお守りすべく法住寺殿の周囲を固めていた土岐《とき》光長《みつなが》を討ち取るなどして、義仲は強引に後白河法皇の身柄を拘束し、軟禁状態に置いた。

義経が小勢を率いて出発してから、もうかれこれ二か月は経つ。その間、後白河法皇が軟禁されるなど、事態はどんどん悪化しているというのに、頼朝兄さまは一向に、まとまった軍勢を京に送り込もうとはしなかった。

ある日の軍議のあと、私が一人で居残って頼朝兄さまと雑事の相談をしていると、京の法皇様から密書が届いたとの報がやってきた。頼朝兄さまはその密書を無造作に開くと、つまらなそうな顔で眺めている。

「法皇様からは、何と？」

普通ならば、院からの書状はしっかりした大きな文箱に入れられて届くのに、この密書は簡単な袱紗《ふくさ》に包まれただけだ。厳重に監視された法住寺殿から密書を持ち出すのに、それだけ苦労したということだろう。

「儂が一向に助けに来ないことへの怨み言が、つらつらと書かれておるよ」

そう言って頼朝兄さまはフンと鼻を鳴らし、院からの密書をぞんざいに私に手渡す。

「あちら様もだんだん、切羽詰まってきておるようじゃ。新しい文《ふみ》が来るたびに、書きようが厳しくなっている」

私は慌ててその密書を頭上に押し頂き、丁寧にお辞儀をしてからゆっくりと開いた。

たしかに、その密書の内容は、後白河法皇の追い込まれた精神状態がよく伝わってくるような、どこか支離滅裂なものだった。

頼朝兄さまの怠慢を居丈高に叱責したかと思えば、義仲を倒してこの身を救い出してくれたら恩賞は思いのままに与えるなどと、利をちらつかせてみせる。そして密書の最後のほうではもう、一刻も早く助けてくれ、お主だけが頼りだと、なりふり構わず憐れみを乞うような口調になっていた。

「かなり……参っておられるようでございますな。これ以上はもう――」

私としては、この世の絶対統治者である後白河法皇を相手に、足元を見て値を吊り上げるような頼朝兄さまのやり方が恐ろしくてならない。

だが頼朝兄さまは、踏み外してはならぬギリギリの線を完璧に見切ったうえでこの危ない橋を渡っているらしく、上機嫌な顔であっさりと言った。

「これくらい骨身に沁みてわからせねば、法皇様はすぐに恩をお忘れになるからの」

この期に及んでまだ法皇様を焦らすつもりなのかと内心で辟易していたら、「そろそろ頃合いだな」と頼朝兄さまがつぶやいたので、私はほっとした。

これでようやく、後白河法皇のご期待に応えることができる。私にもようやく、戦場で武士としての自分の存在感を示す機会がやってきた。

私は今まで、野木宮《のぎみや》合戦などに出陣したことはあったが、このような大戦は初めてだ。先発した義経は、敵の矢を恐れずに自ら先頭に立って敵陣に飛び込み、次々と手柄を上げている。義経が目立てば目立つほど、兄である私の存在感が希薄になってきているような気がして、正直言って私は焦っていた。

だが、私にもついに、鎌倉に来てから必死で鍛え上げてきた弓馬の腕を試す時が来たのだ。頼朝兄さま率いる大追討軍の一部将として、いまこそ、範頼ここにありと周囲に実績を示さねばならない。

そう気負い込む私に、頼朝兄さまが事もなげに言った。

「それから、こたびの義仲追討軍の本隊だがな。範頼、お主が総大将を務めよ」

……はぁ？

……何それ、どういうこと？

三．義仲追討

木曽義仲を牽制すべしという頼朝の命を受け、義経は少数の手勢とともに京に向かった。そして不破の関で盛んに義仲を刺激したあと、伊勢に転戦して兵力増強を進めるなど、期待以上の戦果を挙げる。一方、後白河法皇の居館を襲撃して法皇の身柄を拘束した義仲に対し、頼朝はついに対決を決意する。


「に……兄さまが総大将ではないのでしょうか？」

「いや。儂が自ら京に出向くと、何かと都合が悪いのでな」

頼朝兄さまはそう言って口の端をわずかに上げた。絶対に法皇様に主導権を渡してたまるかという、兄さまの底意地の悪い強い思惑が見て取れた。

「後白河法皇は実に策の多いお方じゃ。儂が京にいるとまず間違いなく、法皇様の小細工に振り回されてしまうだろう。あくまで武家は武家のやり方を貫かせてもらう、という我々の意思を示すためにも、儂は鎌倉にいて、お主が儂の名代として軍を率いて上洛するほうが都合がよい」

「そんな……しかし、法皇様自らが兄さまを何度もお召しになっているのに、私ごときが名代では失礼に当たります」

するとと頼朝兄さまはハハハと笑って言った。

「大丈夫じゃよ。要は、義仲に監禁された御身をお助けすればよいのだろう。その時に儂自らが助けに来ないとは失礼だなどと腹を立てるほど、法皇様に余裕はない」

「いや……ですが……」

混乱する頭で、必死に今後に考えを巡らせる。私は頼朝兄さまの配下の一部将として、ただその指示に従って刀を振るうだけだと思っていたが、総大将となると自分がいろいろと考えて指示を出さねばならない。後白河法皇と会話をするのも私の役目だ。ちょっと待て……荷が重すぎる。そんなの聞いてない。

「それと、困ったことに儂が動くと、御家人どもは儂の前で武功を立てようとして、我先に従軍を申し出てきてしまうのじゃ。きっと軍勢は、軽く五、六万に膨れ上がる。ただでさえ飢饉で兵糧が足らんというのに、そんな人数を養いきれるわけがない。

かといって、自ら従軍を申し出た者に対して、お主は留守じゃ、お主は従軍せよとこちらが決めてしまうと、なぜ自分は選ばれず、あの者は選ばれたのかと角が立つ。

その点、お主を総大将に据え、従軍する将は儂から一方的に指名する形にすれば、鎌倉に残る者がのけ者にされたと不満を抱くこともなくなる」

「は……はぁ。そうでございますか」

そうは言っても、私がこれまで率いたことがあるのは、野木宮合戦の時の数百人程度だ。それがいきなり源氏の総大将？　いくら何でも無理があると、思わず弱気な言葉が漏れた。

「いや……拙者のような若輩者より、梶原殿や土肥殿など、歴戦の猛者である皆さまのほうが、よほどその任にはふさわしいかと――」

「なぬ？」

「……なんでもございません」

鷹のような鋭い目で兄さまに軽く睨まれただけで、私は何も言えなくなる。

かくして、私はろくな指揮の経験もないままに源氏の総大将となって、その年の暮れに鎌倉を出陣することになった。

重苦しい気持ちで兄さまの御前を下がる私の脳裏にふと、かつて義経が私に言ってくれた言葉が浮かんできた。

それは三か月前に義経が先発隊として出陣した前日のことだ。しばらく会えないから最後にと言って、私は義経と双六をやっていた。義経は双六が大好きで、鎌倉にいる間、私はせがまれて何度双六をやらされたかわからない。

義経が盤上の駒を動かしながら、心から嬉しそうに言う。

「兄さまと一緒に義仲を討って、大手柄を立てたいですね」

私はその言葉にすぐには答えず、黙って振り筒に賽を入れてカラカラと振った。そして自陣の駒を出た目の数だけ動かしながら、自嘲気味に、

「立てられるのならな」

と言った。

鎌倉に来てから私は武芸の稽古を重ね、実戦も一、二度は経験したが、自分の性格が武将に向いていないことはすぐに痛いほどに自覚させられた。こんな自分が戦場で手柄を立てられるとは到底思えない。

だが、義経はニコニコと笑みを浮かべ、賽を振りながらあっさりと言うのだ。

「立てられますよ」

「そんな、根拠もないのによく言う」

「立てられますって。だって範頼兄さまは謙虚だから、きっと誰かが助けてくれます」

そう言いきった義経の言葉に、私は苦笑して「他人の助けが頼みかよ」と返したが、義経はフフフと笑って、いいじゃないですかそれで、と答えた。

謙虚だから、きっと誰かが助けてくれる、か――

そんなことあるかい、と最初は思ったが、案外そんなもんかもしれないな、と私は無理やり義経の言葉を信じ込むことにした。だって、そうとでも思わないと、自己評価の低い私はこの重責に到底耐えられそうにない。


「はい。兄上の番ですよ」

「おう。そうか……って、えっ？　……あれ？」

義経の手番が終わり、双六の盤面を見た私は思わず目を疑った。一手前までは若干私のほうが優勢で駒を進めていたつもりだったのに、さっきの義経の賽のひと振りで、私の駒の進路はことごとく義経の駒にふさがれ、ほとんど身動きが取れなくなってしまっている。

「どこをどうしたらこうなったんだ⁉」

「どこをどうしたって……私は出た目の数だけ駒を動かしただけですよ」

「ええぇ……」

義経と双六をやると、いつもこの調子だ。

この弟は、相手が思いもよらないような奇想天外な手を、まるで呼吸のようにポンポンと繰り出してくる。そして私はそんな義経にいつも翻弄され、双六では十回やって一回も勝てればいいほうだ。

「さあ兄上。勝負はここからですよ」

得意気にそう言う時の義経はいつも、この上なく生き生きとした、いい顔をする。


鎌倉を出発する前日、頼朝兄さまから総大将の証となる太刀を授かる儀式を済ませたあと、重臣の方々が送別の宴を開いてくれた。

私の向かいには侍所の別当[13]を務める和田義盛殿と、鎌倉に来たばかりの頃に、何も知らない私に親切にいろいろなことを教えてくれた天野遠景殿が座った。右隣には今回の戦の軍奉行《いくさぶぎょう》に命じられた梶原景時殿、左隣には同じく軍奉行になった土肥実平殿が座る。いずれも、挙兵直後から頼朝兄さまに従って幾多の戦を戦い抜いてきた古強者たちだ。若輩者の私はひたすら肩身が狭い。

開口一番、和田殿が虎のような頬髭を震わせながら笑って言った。

「いやはや、此度の戦は大手柄を立てる千載一遇の機会だというのに、鎌倉に残らねばならぬのは本当に残念でござる」

まるで、三島大社の祭礼を見逃したのと同じような口ぶりだ。全身が胆力の塊のような和田殿にとっては、戦などはきっと、気の合う仲間たちと一緒になって盛り上がる、楽しいお祭と何ひとつ変わらないのだろう。和田殿は、宴が始まってまだ大して時間も経っていないというのに、すでに周囲の人々の倍近い速さで盃を空け、顔は真っ赤だ。

「天野殿も此度の戦から外されてしもうて、誠に気の毒なことじゃ。のう天野殿」

そう言われた天野遠景殿は、和田殿にガハハと絡まれて少し困ったような表情を浮かべながら、苦笑混じりに答えた。

「いやぁ、私は別に。何しろ飢饉続きで兵糧も限られておりますから、仕方ありますまい。手柄などはまた、次の機会に立てますれば」

「何じゃ何じゃ。そんな慎ましやかにしていては、ほかの者にどんどん先を越されますぞ天野殿。ほかを押しのけてでも、儂が儂がと元気よく手を挙げてこそ、功名も目の前に転がってくるというものじゃ」

すると、梶原景時殿が優美な顎髭を撫でつつ、静かに和田殿をたしなめた。

「いやいや和田殿。貴殿はむしろ、天野殿の慎ましさを見習われてはいかがか。侍所には解決せねばならぬ問題が山積みなのだから、貴殿はそれをほったらかしにして、戦などにうつつを抜かしている場合ではござりませぬぞ」

「わっはっは。梶原殿、それは言わぬ約束じゃあ！」

これは痛いところを突かれたと、和田殿は赤ら顔をくしゃくしゃにしておどけてみせた。だが、梶原殿は微笑を浮かべて頷いたものの、目はちっとも笑っていない。

「和田殿、侍所は御家人たちを束ねる扇の要でござりますからな。いまこそ、侍所の別当である貴殿が進んで音頭を取って、きちんと御家人たちをひとつにまとめ上げて頂かねばなりませぬぞ。

そもそも、侍所の別当職はその昔に我々が房総に隠れていた頃、貴殿が頼朝様にせがんで任命してもらった職ではありませぬか」

酒の席での和やかな雑談といった態を装ってはいるが、梶原殿の言葉にはどこか棘がある。噂では、梶原殿は秘かに自分こそが侍所の別当に任命されるものだと自負していたが、和田殿にあっさり先を越されたことで気分を害しているということだ。

ただ、和田殿はそんな遠回しな嫌味をいちいち気に病む人間ではない。たぶん梶原殿の言葉のとげとげしさにも全く気づいてすらいないだろう。そういう大らかなところが和田殿のいいところでもあり、駄目なところでもある。

もし梶原殿が侍所の別当になっていたら、梶原殿が定める規律のあまりの厳しさと細かさに、いまごろ御家人の何人かは心を病んで倒れていたに違いない。和田殿のもとではそういうことは決して起こらないだろうが、その代わり侍所の仕事ぶりは、素人の私が傍から見ていても明らかに締まりがなかった。こんないいかげんな人が責任者を務めていれば、それも当然のことだと思う。

「梶原殿。和田殿はな、侍所の別当になれば自分の好きな戦に出放題だと勘違いしていたのでござるよ」

土肥実平殿がそう言って腹を抱えて笑った。和田殿も一緒になって、

「そうそう。新しく侍所を作るぞってなった時に、誰をどの戦に送るかは侍所で決めるんだと頼朝様が言うもんだからよ。じゃあ俺が別当になれば、大手柄を立てられるおいしい戦ばかり出られるじゃないかと思って、ぜひ別当にしてくれって俺は頼朝様に頼み込んだんだよ。それなのにまさか、その侍所の仕事が忙しくて戦に出られないなんてなぁ」

と言ってゲラゲラと高笑いした。梶原殿は、自分はこんな何も考えていない馬鹿者に後れを取ったのかと、目に見えてムッとした様子だった。

それから話題は、これから出陣する大将としての私の心構えの話に移った。

「蒲殿《かばどの》、戦は勢いでござるよ！」

和田殿がろれつの回らない舌でそう叫ぶので、はあそうですか、と私は適当に相槌を打った。

「ここだ！　と思ったら、そこにガーッと全ての力をぶつけるのでござる。あれこれ考えると逆に勢いが鈍るから、考えすぎないことが大事」

和田殿はいつもこんな感じだ。酒を飲むと、もともとの赤ら顔をさらに真っ赤にして大声を張り上げ、勢いだけで持論を熱く主張し続ける。

まあ、その助言の言わんとするところは何となくわかる気もするが、たぶん自分が真似したら間違いなく火傷《やけど》するはずであり、参考にする気はさらさらない。

その向こう見ずな助言を、梶原殿がピシャリとたしなめる。

「和田殿、蒲殿はまだ経験も浅いのだから、そんな雑なご助言では、何をしたらよいか逆に戸惑われてしまいますぞ」

そして、上質な筆のように美しい顎髭をしごきながら、ゆっくりと言葉を継いだ。

「蒲殿。戦でもっとも大事なことは、大将の下知に全員がきちんと従うことでござる。軍がまるで手足のように、大将の思ったとおりに動いて初めて、拮抗した戦に勝ちがうまれるのです。

大将に威がなく、日頃から勝手な抜け駆けを放っておくようでは、肝心な時に大きな痛手を食らうことになりますぞ。蒲殿、くれぐれも最初が肝心です。最初にビシッと総大将の威を示さねば、その後もずっと兵どもに舐められますからな」

……そんなことを言われても、もう手遅れな気がする。

最近は誰もが私のことを、出身の蒲御厨にちなんで蒲殿とか蒲冠者《かばのかんじゃ》などと呼ぶようになっている。だが、なんとなくその呼称には、あいつはしょせん蒲御厨の遊女の息子なんだと嘲るような響きがある。現に、平泉出身の義経にそんな呼び名はない。出発前から侮られているそんな総大将に、威厳もくそもないのではないか。

梶原殿の助言に、今度は土肥殿が穏やかな笑みを浮かべながら、やんわりと口を挟んできた。土肥殿は大らかで温厚な性格に加えて、この中で一番の年長者であることもあって、しょっちゅう意見が食い違う和田殿と梶原殿が喧嘩にならないよう、さりげなく間に入っている場面をよく見かける。

「しかし梶原殿、抜け駆けを完全に禁じるのも善し悪しではござらぬか。

やはり誰しも、先頭を切って敵陣に斬り込んでゆくのは恐ろしいものじゃ。その恐怖を振り切ってまで抜け駆けをするということは、怖れよりも頼朝様のために手柄を立てたいという気持ちが強いという証でござろう。多少の抜け駆けが出るのは、軍の士気としては望ましい姿とも言えましょうぞ。

それを見たほかの者も、負けてはならぬと競って勇を奮うようになるので、一人の抜け駆けが全体の勢いを作るという面もありますからな。どっちもどっちで良い点と悪い点があるのが、戦の難しいところじゃ」

すかさず、お調子者の和田殿がその言葉に元気よく口を突っ込んだ。

「そうじゃ、そうじゃ。味方の勢いを殺しては勇気も萎えてしまうぞ梶原殿。

特に蒲殿は、その弓馬の腕前をまだ誰もよく知らぬのであるから、自ら進んで敵の矢の前にその身を晒す姿を見せねば、ちっとも締まらぬわい。弟君の義経殿の活躍を見れば、周囲の者が蒲殿にも同じことを求めるのは当然じゃろうから、なおさらじゃ」

その言葉を聞いた私は、嫌なことを言うおじさんだ、とげんなりした。

和田殿は決して悪い人ではない。基本的には気のいい愉快なおじさんだ。だが、私が秘かに気に病んでいる感情の赤剝けの皮膚みたいな部分を、この人は無自覚のうちにゴリッと削ってくることがときどきある。

そうだよな、義経があれだけ活躍をしているんだ。私もあれくらいの手柄を立てなきゃ、陰で何を言われるかわかったもんじゃないよな——

もともと、総大将なんてやりたくもないし、遠征だって行きたくもなかったが、これでますます明日の出発が嫌になった。私はやけになって、手の中の杯をぐっとひと息に空けた。下腹がカアッと熱くなった。

そこで和田殿が、さっきから何も言っていない天野遠景殿に絡んだ。

「ちなみに、天野殿はずっと黙っておられるが、貴殿から蒲殿には、何かご助言はござらぬのか？」

「私でございますか？　いやぁ、そんな、私ごときが範頼殿に口幅ったく申し上げることなどござりませぬ」

「いやいやいや。それでは、さっきから蒲殿にあれこれ申し上げている我々が、まるで説教臭い年寄りのようではありませぬか。天野殿だけが謙虚ぶるのはいかがなものかと思いますぞ。貴殿も頼朝様に古くからお仕えしている歴戦の猛者じゃ。戦について語るべき話も、たくさんお持ちでござろう」

「そんな。拙者は皆様と違って、大将として軍を率いるよりも、裏方仕事ばかりしておりましたゆえ、範頼殿のお役に立つような話など――」

それでも和田殿はしつこい。本当に面倒くさい御方だ。

「いやいやいや。過ぎたる謙遜は逆に嫌味でござるぞ。何でもよいから、天野殿が戦で大事だと思うものをひとつ、仰ってみなされ」

「……そうですなぁ」

「さあさあ、遠慮なく。出陣する蒲殿への餞の言葉じゃ」

和田殿にうるさく催促されて天野殿はしばらく考え込むと、ボソリとつぶやいた。

「飯、ですかな」

「は？」

「腹が減っては、戦ができませぬ。まずは何よりも、将兵に飯を食わせることが一番大事です」

まじめくさった顔で天野殿がそう言うのを、その場にいた誰もが冗談だと思ったらしく、膝を叩いて大笑いした。

「まあ、たしかに天野殿の仰るとおり、飯は大事じゃ」

「そうそう。戦はたいそう腹が減るでのう。いかにも大事大事」

「ははは。天野殿には一本取られましたわい！」

天野殿が皆を大笑いさせたことで、それなりに真面目だった戦談義が、すっかり冗談話になってしまった。

私は内心、もしこのまま戦談義が盛り上がり続けたら、いつか絶対に義経の活躍の話になるはずと戦々恐々としていたので、話の腰が折れたことでほっとした。元の話題に戻ってしまう前に話に区切りをつけてしまおうと、私は少し会話の間があいた瞬間を見計らって強引に言葉を挟み、梶原殿と土肥殿に深々と頭を下げた。

「それにしても、さすがは頼朝兄さまの挙兵から付き従われたお歴々の皆様。今日おうかがいした貴重なお話の数々は、この範頼、これからの戦いにおいて、くれぐれも肝に銘じます。私はまだ若輩者で兵たちへの睨みも利かぬゆえ、特にこれから、軍奉行のお二人には何卒お力添えを賜りたく」

今回の義仲討伐では、軍奉行の梶原殿と土肥殿が、ほぼ戦の素人に近い私のお目付け役を務める。だから、この二人の大御所には謙虚に頭を下げて素直な態度を見せておいたほうが、今後の遠征でなにかと面倒が少ないはずだ。

「いやいや、我々は蒲殿の下知に従って、牛馬のように働くのみでござる。総大将殿がそのように頭を下げられるなど、おやめくだされ」

土肥殿が、そう言ってわははと笑いながら恐縮した。


翌朝、私は紺村濃《こんむらご》(14)の鎧直垂《よろいひたたれ》(15)に小具足(16)を身に着け、栗毛の馬にまたがって鎌倉を出発した。年の瀬も押し詰まった頃の、寒風吹きすさぶ中での出発にもかかわらず、沿道には多くの見送りが元気に手を振り、頼むぞと激励の声を飛ばしてくる。

私にとっては、これほどの大軍は見るのも初めてだ。鎌倉を出発した時に連れていた兵数は三千騎ほどだったが、頼朝兄さまに与《くみ》する各地の武士団に号令をかけながら進むので、京に向かうにつれてその数は続々と増えていく。

梶原殿は最初に兵たちに総大将の威を見せつけろと言ったが、具体的に何をすればよいのか、出発して何日か経っても私にはさっぱりわからない。

ただ、日を追うごとに私も、だんだんと理解してきた。

総大将の仕事なんてのは、突き詰めれば喧嘩の仲裁と飯の手配くらいのものだと。


総大将の威を見せつけるどころか、鎌倉を出て以来、私はまだ弓にも太刀にも一度も触れてすらいない。

追討軍は東海道沿いの反頼朝勢力を制圧しながら進むので、毎日のように敵勢力との小競り合いはあった。とはいえ、義仲が目に見えて落ち目になっている中で敵の抵抗も急激に弱まっていて、総大将自らが指揮を執る必要があるような大きな戦は全く起こらなかった。配下の小部隊が勝手に戦いを始めてあっという間に敵を蹴散らし、その報告が事後にやってくるといった具合だ。

むしろ私の頭を悩ませたのは、あっという間に一万騎以上に膨れ上がった自軍の中で起こる諸々のいざこざの仲裁と、この大人数をどうやって不満が出ないよう食わせていくかという問題だった。

各地から集まった血気盛んな武者たちが狭い街道を進軍していると、味方同士で揉め事が起こるのをどうしても避けられない。ただ、揉め事の理由といえば、やれ隣の軍の何某に馬鹿にされただの、やれ宿割りが気に食わないだの、行列の順番で俺があいつよりも後ろなのはおかしいだの、実にくだらない。

そんな揉め事が一日に何件も持ち込まれてくるので、私は次第にうんざりしてきた。かといって放っておくわけにもいかないので、私は揉めている二つの武士団の棟梁を呼びつけて事情を聞くのだが、これがまたちっとも一筋縄ではいかない。

双方とも頭に血が上って殺気立っているから、説明がまず全くもって要領を得ない。しかも、皆が自分に都合のいいように事実を少しずつ曲げて主張してくるので、両者の言い分は完全に食い違っていて、どこまでが真実でどこから先にどれだけ話を盛っているのか、さっぱり確信が持てない。

せめて喧嘩の原因が深刻なものなら私もまだやる気が出るのだが、いい齢した大人が童のような馬鹿々々しい理由で刀を抜いて熱くなっていて、こちらは毎日、そういう話に一日何件も付き合わされるわけだ。正直どっちでもいいだろと、つい本音を漏らしたくもなる。

そして兵糧は、京へ向かう道中で倒した敵から奪う前提だったのが、完全に当てが外れていた。三年前に起きた養和の飢饉の傷跡は私が思っていた以上に深く、まだちっとも癒えてはいなかった。

蹴散らしたどの敵勢力もほとんど食糧を持っていないせいで、鎌倉から運んできた兵糧は湯気のようにはかなく消えていった。さらに厄介なことに、頼朝兄さまの勢いを聞きつけた周辺の武士団が先を競って馳せ参じた結果、我が軍には予想以上に多くの兵が集まってしまった。しかも彼らの多くは、鎌倉から来る我々の兵糧を当てにしていたのである。

日々、兵糧の残りを気にしながら進んでいる私にしてみたら、正直言ってそんな穀潰しどもが加勢してくれたところで、嬉しいどころか逆に迷惑だ。私は慌てて、自分の兵糧を自分で手当てできぬ者は我が軍に参加するべからず、という通達を出すしかなかった。

私はすぐに頼朝兄さまに早馬を飛ばして、兵糧不足の窮状を訴えて追加の兵糧を送るように頼んだ。ところが数日後、兄さまからは、

「くれぐれも、兵どもが周囲の村を略奪して、わが軍の声望を損ねるようなことはさせぬよう、重い罰をもって当たるべし」

という、あっさりした指令が返ってきただけだった。

食うものもろくに与えないくせに、しかも略奪はするなとか、そんな無茶な。

頼朝兄さまは、実は戦のことをよくわかっていないのではないか。

そりゃあ、あとあとのことを考えたら、略奪なんて起こさないほうがいいに決まっている。でも、そんな正論を振りかざすなら、まずは将兵に十分に飯を食わすべきではないのか。

と、そこまで考えたところで、出発前夜の宴席で天野遠景殿が言っていた言葉が私の脳裏によみがえってきた。

「腹が減っては、戦ができませぬ。まずは何よりも、将兵に飯を食わせることです」

天野殿……私もいま、貴殿の言っていた言葉の意味がようやく理解できました。

兄さまからの無茶な指示に弱りきった私は、近くにいた梶原殿に思わず声をかけようとした。

「これは、いかがすべきでしょうか、梶原ど――」

そこまで言いかけたところで、私は言葉を飲み込んだ。

梶原殿は、軍規を厳しく守らせてこそ戦に勝てるのだと日頃から言っている。この兄さまの無茶な指令について梶原殿に相談などしたら、空腹に耐えかねて略奪に手を染めた者を、彼は軍令違反の罪で次々と血祭りに上げていくだろう。そんな強引なことをしたら間違いなく逃げ出す者が続出して、この軍そのものが京に着く前に雲散霧消してしまう。

そこで私は、こっそりと土肥実平殿を呼んで相談することにした。

「土肥殿。頼朝兄さまからこんなご指示が」

ちらりと書状を開いて、ほんの少し読んだだけで土肥殿は即答した。

「……無理ですな」

「ですよね」

「ま、形だけは頼朝様の指示どおり、軍に対して略奪禁止の軍令を出しましょう。軍令に反したら重い罰に処すというお触れも付けて」

「しかしそんなもの、どうせ誰も守りませんよ」

すると土肥殿は平然と笑って答えた。

「それがいいんですよ。頼朝様から御命令を受けた以上、それに従わなければ我々は罰せられてしまう。かといって、こんな命令を実行するのは無茶だ。だとしたら、形だけ従ったふりをして、適当にごまかすのが一番です」

「そんなこと、できるわけが……」

「もちろん長くは持ちませんが、京まであと十日もありませんから、それくらいなら何とかなるかと。とにかく、こうなった以上は先を急ぎましょう、蒲殿」

かくして私は、武士団の棟梁たちを全員集めて略奪禁止の軍令を言い渡した。その指示が軍のすみずみに通達されるやいなや、兵たちの間にピリッとした不穏な気配が走り、すぐさま水面下で不満の声が噴出し始めたのがなんとなく肌でわかった。

だが、そんな軍令を馬鹿正直に守っていたら飢え死にしてしまうと、将兵たちが無視してこっそり略奪を行っても、誰も取り締まらないし、私も何も言わない。

その様子を見て誰もが、なるほどそういうことかと理解し、当初のピリピリした空気はすぐに和らいだ。最初は隠れて行われていた略奪行為が、だんだん平然と横行するようになった。

軍令違反が常態化するのは、総大将としては気分のよいものではない。でも、そうは言っても略奪しないことには自分たちが食えない。総大将が十分な食事も与えずして、そんな綺麗事だけを唱えたところで滑稽なだけだ。

こんな調子では、梶原殿が言う「総大将の威」などあったものではない。このままでは兵たちが私を舐めるようになり、早々に軍としての体裁をなさなくなるのではないか。

出発前の宴で和田義盛殿が言っていた言葉が、この道中ずっと私の脳裏にこびりついている。

——蒲殿は、その弓馬の腕前をまだ誰もよく知らぬのであるから、自ら進んで敵の矢の前にその身を晒す姿を見せねば締まらぬ。

義経殿の活躍を見れば、周囲の者が蒲殿にも同じことを求めるのは当然——


どんどん薄くなっていってしまう。

自分がこの体たらくでは、義経の株ばかりが上がって、私の存在感は相対的にどんどん薄くなっていってしまう。

まずいな……私は何をやっているんだ。


——本来の実力差がそのとおりなんだし、それは仕方ないのではないか？

そうだけども！　それはもちろんそうなんだけれども！


頭の中にこだまするもう一人の自分の冷静な意見を、私は必死で打ち消した。そりゃあ、あの義経に武功で勝てるなんて私だって思っていない。それでも、義経には及ばないまでも、それなりの成果は上げなければ私だって兄としての格好がつかない。

そもそも、いまの情けない状況は、私が自ら敵陣に斬り込んでいって武勇を示すような戦が、ちっとも起こらないのが悪いんだ。

戦さえあれば、私だってきっと義経みたいに――

早く戦を。早く総大将の威厳を。

とにかくいまは、この蝗《いなご》の群れのような集団を一か所に長居させることなく、一刻も早く戦のある場所に連れていくことだと、私はひたすら先を急がせた。

鎌倉を出て十日あまり、美濃国（岐阜県）の墨俣川（長良川）のほとりまでたどり着いた時のことだ。これまでの道のりでは小競り合い程度の戦いしか起こらなかったが、ようやく私が自ら弓を取って戦陣に出る絶好の機会がやってきた。

川を挟んだ反対側に平家軍が待ち構えている。今までの進軍では一度も遭遇しなかった、まとまった数の敵だ。これでようやく麾下《きか》の兵たちに、自分が口先だけの総大将ではなく、危険を冒して敵と戦う勇気もあるのだと示すことができる。私は心底ホッとし、喜び勇んで皆に下知した。

「よいか、これは事実上この遠征の初戦となる大事な戦いじゃ。よって、勢いをつけるためにも、総大将の儂が自ら先陣となって川を渡り、敵を切り崩す。皆の者は儂のあとに続くがよい！」

するとと梶原殿が、呆れたような顔をして私の下知に異議を唱えた。

「蒲殿、あなた様は源氏の大切な御曹司でございますぞ。総大将がこんな小さな戦で自ら先陣を務める必要などござりませぬ。我々にお任せあれ」

いまになって考えてみると、梶原殿の言い分は全くごもっともで、彼ならずともその場にいた諸将が全員同じことを思っていたはずだ。あの戦から何年も経ったいまでも、私はこの時の幼稚な自分をときどき思い出しては赤面してしまう。

だが、この時の私は焦りで周囲が見えていなかった。

「いや。聞くところによると、先に京に攻め上った義経は、どんな小競り合いであっても常に陣頭に立って敵前にその身を晒し、部下たちもその勇ましい姿に奮い立って一騎当千の戦いぶりを見せているというではないか。儂も源氏の血を引く者として、かくあらねばならぬと思っておる。先陣は儂じゃ」

総大将にそこまで強くわがままを言われてしまったら、軍奉行の梶原殿も土肥殿も止めようがない。仕方あるまいと言って二人は私の下知に従ってくれた。

その時の二人の苦笑まじりの表情からは、まあこの程度の小戦で経験を積んでおくのも必要だろうという、戦の素人の私を見下すような、少しばかり不遜な余裕が感じられた。

墨俣川は美濃と尾張（愛知県）の地を潤して伊勢湾にそそぐ、この地を代表する大河である。とても馬で渡れるような幅と深さではない。川にかかる橋は、敵方によって橋板を外されてしまっているので渡れない。

私は付近の川船をありったけ徴発し、また丸太を結わえて作った即席の筏を多数用意させた。そして川べりに軍勢を横一列に並ばせ、合戦開始の鏑矢《かぶらや》(17)を交わすと、川向こうの敵に向かって一斉に矢を放たせた。

敵は地元の武士団の寄せ集めにすぎず、我々は源氏の主力軍三万騎である。ぶんぶんと羽音を響かせて飛来する無数の矢の勢いに押されて、整然と立ち並んでいた敵側の旗幟があっという間に乱れた。

「よし、今こそ川を渡り、敵陣に一番乗りを果たす！」

私は馬を降りて、周囲の者とともに川岸につないだ船に乗り込んだ。総大将の船を敵の矢に狙わせるわけにはいかぬと、岸に控える味方がいっそう激しく対岸の敵陣に向けて矢を集中させ、私の渡河を援護する。しかし敵も、あの船に乗っているのは源氏方の大将だと気づいたらしく、討ち取れば大手柄だと一斉に矢を放ってくる。たちまち私の周辺だけが、無数の矢が轟々と飛び交う修羅場と化した。

私が置楯の陰に身を隠し、降り注ぐ敵の矢を避けながらなんとか船に乗り込み、今まさに川に漕ぎ出そうとしたその時だった。

上流のほうでワッと鬨の声が上がった。見ると私よりも一足早く、どこぞの源氏の武者が墨俣川に船を漕ぎ出している。

「あ、あれはどこの手勢じゃ」

「わかりませぬ。功を逸って抜け駆けしたものかと」

「ぬう！　先陣は私だという下知を無視するとは言語道断。ええい。我々も早く漕ぎ出すのじゃ！」

慌てて船を出させたが、思ったよりも流れが速く川下に流されたのと、敵の矢の激しさに船頭も上手に櫂を操れないのとで、思うように前進ができなくなった。あっという間に私の船は、無数に突き立った敵の矢でいが栗のようになった。

その一方で、私に注目が集まったことで上流は逆に手薄となり、抜け駆けした源氏方の船は順調に川を漕ぎ進めていく。一人が抜け駆けしたことで、何だ、あいつが行くのなら儂だって行かせてもらうと、付近の者たちも我先に持ち場を勝手に離れ、抜け駆けした船を追った。

結果として、上流の源氏方はあっという間に多数の船が団子状態となって、分厚く対岸に押し寄せる形となった。抜け駆けした武者は対岸に上陸するや否や、刀を抜いて高らかに名乗りを上げた。

「ややあ、遠からん者は音にも聞け。近くば寄って目にも見よ。源氏方の先陣つかまつる我こそは、下総国（千葉県）の住人、小松三郎兼義《こまつさぶろうかねよし》なるぞ。いざ、よき敵と組み合わわん。腕に覚えのある者は立ち合え、立ち合えい！」

小松兼義なる、名前も聞いたことのない武者が真っ先に川を渡ることに成功したことで、平家方の陣は大きく崩れた。小松兼義に続いて源氏方は続々と対岸に船をつけ、ひるんだ平家方を追いやっていく。もはや戦場の熱気は完全にそちらに移っていて、図らずも囮役を引き受ける羽目になってしまった私が川を渡る意味は、もはや一つもなくなっていた。

私はすごすごと元の岸辺に船を戻し、馬に乗り直した。

「平家方は総崩れで、味方は数か所で川を渡り、包み込んで押しつぶしております」

「そんなもの、見ればわかる」

注進にやってきた使い番に、私は不機嫌にそう吐き捨てると、川向こうで奮戦を続ける味方の姿を忌々しげに眺めた。

その夜、我が軍は篝火を盛んに焚いて、戦勝の宴を開いた。

今回の遠征で初めての本格的な戦に、首尾よく勝利を収めることができて誰もが勢いづいている。白い幔幕を張ってしつらえられた宴席の会場には、その日の戦で大きな殊勲を挙げた者たちが五十人ほど呼ばれ、下賜の酒を片手に、あちこちで車座を作って機嫌よく大騒ぎしていた。

宴席の隅には討ち取った敵将の首がずらりと並び、そこには討ち取った者の名とともに、勲一等、勲二等といった等級が書き込まれた札がぶら下げられている。

だが、戦における最大の手柄は何といっても、敵陣に最初に斬り込む先陣の功だ。大金星を手にした小松兼義は酒で顔を真っ赤にしながら、車座になった同輩たちを相手に、その日の戦いの様子を自慢げに語り始めた。

「戦が始まってすぐ、平家の奴らは我らが強弓に恐れをなし、たちまち算を乱してうろたえ始めおった。だが、周囲のどなたも、どういうおつもりか川を渡って先陣を務めようとなさらない。皆の衆、いったい何を恐れておられるのかと拙者は焦《じ》れて、とうとう迫りくる敵の矢をものともせず、近くの岸辺に繋がれていた小舟に乗り込み、敵陣に斬り込んでいったのでござる」


総大将自らが先陣を務めるという私の下知を、小松兼義は聞いていなかったのだ。すぐ近くで私が梶原殿や土肥殿と席を囲んでいて、大声でわめく自慢話が私の耳にも届いていることに気づいていないのか、酔っぱらった兼義は放言をやめない。

「あれだけ敵が浮足立っておったのに、誰一人として臆して先陣を切ろうとしないとは、まこと不可思議なことじゃった。あれでは川を渡れぬほうがどうかしておる。先陣を切るために大事なものは、敵の矢を恐れぬ肝の太さだけじゃろう。ははは」

そう言って兼義が高らかに笑った瞬間、私は我慢の限界に達した。

頭が真っ白になった私は、気がつけば小松兼義のもとに歩み寄り、胸ぐらを乱暴に摑み上げていた。

「総大将の下知も聞かず一人で勝手に敵陣に突っ込んで、お手柄のつもりで間抜けな得意顔を浮かべているほうが、どうかしておるわ」

兼義は最初、何をするか無礼者！　と反射的に叫んで手を払いのけようとしたが、その瞬間、相手が総大将の私であると気づき、ぎょっとした表情を浮かべた。

だが、いかに相手が総大将とはいえ、胸ぐらを摑むような無礼に対して黙って引き下がっては自らの名折れだと思ったのだろう。兼義も意地を張って言い返した。

「何を申されるか蒲殿。拙者は誰よりも先駆けて敵陣に斬り込んだ、本日の一番手柄でござるぞ。それに対して間抜けな得意顔とは、総大将のお言葉とはいえ、聞き捨てなりませぬな！」

その言葉に私が「何を！」と拳を振り上げようとしたところで、周囲の者たちがワッと一斉に間に割って入った。私にとりついた土肥実平殿が、必死に私をなだめてくる。

「蒲殿、総大将がそのように気持に任せた振る舞いをなされては士気に関わりますぞ。兼義めはきっと蒲殿の下知を知らなかったのです。知らずに突進した彼に罪はありますまい。どうか、ここは私の顔に免じてお収めくださりませ」

兼義を抑え込んだ同輩たちも、「お主は蒲殿の下知を聞いていなかったのか。お主が誰とも競わずにあっさりと先陣を切れたのは、蒲殿の下知があったからじゃ。図に乗りおって、この馬鹿者が」と懇々と言って聞かせる。緒戦の祝勝気分が、この騒ぎのせいですっかり白けてしまった。


この一件は、ただちに周囲の者たちによって鎌倉の頼朝兄さまに報告されたらしい。しばらくすると兄さまから私宛てに、やたらと分厚い書状が届いた。

まずい。この書状はまずい。

封紙《ふうじがみ》に書かれた名前を見た瞬間から、嫌な汗がだらだらと背中を流れていくのがわかる。私は震える手で書状を開封した。

「貴公はいやしくも、源氏の主力軍三万騎を率いる総大将であろう。それが、下賤の者と先陣を競い、あまつさえその始末をめぐって騒ぎを起こすなど、まさに言語道断である。貴公は源氏の名に泥を塗るつもりか」

叩きつけるような荒れた筆遣いを見ているだけで、激怒する頼朝兄さまの姿が目に浮かんできた。そんな乱れた筆跡で、長々と辛辣な小言が書かれている。私は読みながら恐怖で失禁しそうになった。

「義経が常に戦場で諸将に先んじて先陣を駆けてゆくのを真似て、貴公も自ら先陣を志願したと聞いた。

義経は先手の小勢の大将にすぎぬゆえ、そのように進んで敵の矢に身を晒すことが味方を奮い立たせることになる。まさに自らの役どころをわきまえた振る舞いである。だが、貴公は総大将であろう。役目が違う。総大将の務めを忘れ、ただ我が身ひとりの功を焦るその姿は、非常に醜いものぞ」

いや、だって和田義盛殿が、自ら進んで敵の矢の前にその身を晒す姿を見せないと締まらないって言うから——と心の中で言い訳しながら読み進めていたら、まるで私がそう口ごたえすることを見抜いていたかのように、頼朝兄さまは文に書いていた。

「自ら進んで敵の矢の前に身を晒し、勇ましく先陣を切ることは、配下の諸将の務めである。お主は総大将ゆえ、諸将の戦いぶりをよく見て、めざましき働きに対して公平な恩賞を施すことこそ、果たすべき務めであると心得よ。ゆめゆめ、源氏の名に泥を塗り、人に嗤われるような軽々しき振る舞いをせぬよう自重すべし」

書面だというのに、目の前に兄さまがいて自分を怒鳴りつけているような気がした。

「はいっ！　かしこまりました！」

気がつけば、思わず虚空に向かって返事をしてしまった。

本当に、自分はいったい何をしているのだろう。

四・宇治川の戦い

伊勢国で二万五千騎ほどの兵を集めた義経は、瀬田方面から進軍する源範頼の追討軍三万騎と歩調を合わせながら、南方の宇治方面から京に向かって兵を進めた。義仲軍の撃破と後白河法皇の身柄の確保を目指す義経だったが、その前に宇治川の急流がたちはだかる。

墨俣川を渡ったあと、わが軍は伊勢国から北上してきた義経軍と美濃国の西のはずれで合流を果たした。

たった五、六百騎で鎌倉を出発した義経は、義仲の軍が守る不破関を脅かすも、それに刺激された義仲軍が本格的な軍を差し向けたとわかると即座に南に転進し、伊勢国で頼朝兄さまに与する勢力を糾合していた。その手勢は短期間のうちに一気に厚みを増し、二万五千騎まで膨れ上がっている。

「兄上！」

黒山のごとき大軍勢を背後に従えて馬を進めていた義経が、私の姿を遠目で見つけるなり、嬉しそうにぶんぶんと大きく手を振った。まるで飼い主と久しぶりに会えた犬のようだな、と私は何だか可笑《おか》しかった。

「兄上の到着をこの義経、心よりお待ちしておりました。こうして無事に相見《あいまみ》えることができて、大変喜ばしい限りです」

「義経も、これほどの大軍を率いて、見違えるほどの堂々たる武者ぶりじゃ」

お世辞ではなく、本当にそう思った。

鎌倉を出る時には、私も義経もまだ実戦をほとんど知らぬ若造だった。だが、義仲の牽制という使命を帯びて三か月ほど先行して出発した義経は、小勢ながら果敢に義仲軍に挑み、牽制というにはあまりにも派手な戦果を上げて義仲をすっかり翻弄していた。義経の予想以上の善戦を見て義仲はもう落ち目だと判断し、見限って離れていった者たちも相当な数に上ったはずだ。

かたや自分は、総大将とはいっても戦の指揮はほとんどせず、一回だけ先頭に立った墨俣川の戦いでは下っ端の武士と騒ぎを起こして、赤っ恥をかいたうえに頼朝兄さまにこっぴどく叱られてしまった。

戦のやり方はろくに身につかなかったが、喧嘩の仲裁と、兵糧を周辺からかき集めて不満が出ないよう分配することだけは、やたらと器用で手際よくなった気がする。

その日の夜、宿所の囲炉裏を囲みながら、義経と今後の作戦について話し合った。義経の言葉は常に簡潔で的を射ている。

「兄上は、瀬田の唐橋を押さえて、逢坂関を越えて京にお入りくださりませ。私は南に回り、搦手《からめて》(18)の宇治から京を目指します」

「うむ。異存はない」

「どちらが先に義仲めの首を取り、法住寺殿に囚われた法皇様をお救いするか、競争でござりますな」

提案する作戦の内容は至極まっとうなのだが、義経がまるで子供の遊びのような言い方をするので、私は少しだけ不安になった。

義仲を牽制する戦においても、義経は配下の兵たちを変幻自在に出し入れし、その神出鬼没の動きに、義仲軍はまるで鬼ごっこのように翻弄されたと聞いている。

――この弟は、戦と双六遊びの区別がついていないのではあるまいか。

双六では義経はいつも、意表を突く駒の動きで相手の呼吸を乱し、からかうように翻弄して悠々と勝ちをさらっていく。まるで子供のいたずらのような手を打ってくる義経の双六の打ち筋と戦のやり方は、根元が全く同じだと感じた。

ただ、双六は相手よりも先に全ての駒を上がらせるという勝敗の条件がはっきり決まっているが、実際の戦は必ずしもそうとは限らない。

例えば今回の戦は、義仲の軍をただ戦いで撃破すれば勝ちというものでもない。敵を翻弄しどれだけ討ち取ろうが、総大将の義仲一人を木曽に逃がしてしまったら我々の負けなのだ。

義仲はドロドロと渦巻く朝廷の権謀術数に巻き込まれた挙句、慣れない西国での戦いを無理に命じられて敗れた。そのせいで声望は地に堕ちたが、武将としての彼自身の高い能力は何ら衰えてはいない。義仲がもし後白河法皇を拉致して本拠地の木曽に逃げ戻り、法皇様の名のもとに呼びかけて再び兵を募れば、あっという間に息を吹き返すだろう。それだけは絶対に避けなければならない。

いま、声望を失った義仲の元からは次々と武士たちが去っている。残っているのは木曽を出た時から付き従う腹心だけで、総勢千騎余りだといわれている。

かたや我が軍は私が三万騎、義経が二万五千騎。勝敗は見えている。

だから今回の戦は、義仲に勝つことよりも、まずは義仲を絶対に逃がさないことが重要なのだ。義経はそこのところを、きちんと理解しているのだろうか。

この広い大地から、逃亡する義仲一人を見つけだすことは思っている以上に難しいはずだ。どちらが先に首を取るか競争だなどと、呑気なことを言っている場合だとは思えない。

「義経よ。此度の戦は遊びではないぞ。何としても義仲めを逃がすことはできぬ。討ち漏らしは決して許されぬと心得よ」

すると義経は、あははと明るく笑って答えた。

「ご助言ありがとうございます。これまで私は一人で戦っていましたが、頼れる兄上が一緒にいてくださると、やっぱりとても安心ですね。ですが兄上――」

そして、いつものような春風のごとき微笑を浮かべつつ、きっぱり言いきった。

「ご安心めされよ。総大将を討ち漏らすなんて、私はそんな手抜かりはいたしませぬ」

その言葉に私は、どうしようもない不安を覚えた。


攻撃開始を一月二十日と定め、私は義経と分かれて瀬田の唐橋に向けて出発した。義経は南に迂回して宇治に向かう。私と同行していた梶原景時殿は義経の軍に移り、宇治攻めのほうに加勢することとなった。

出発の前日、鎌倉から一通の文が届いた。誰だろう？　と怪訝《けげん》な顔をしながら文箱を開いた私は、送り主の名前を見て思わず安堵のため息を漏らした。

「天野殿……」

私が頼朝兄さまに叱られたと聞いた天野遠景殿は、さぞ私も落ち込んでいるだろうと、励ましの文を送ってくれたのだった。墨俣川の戦い以来、自己嫌悪と羞恥心でずっとふさいでいた自分の心に、一条の光が差し込んだ気がした。

――飢饉の傷も癒えぬ折、三万もの大軍勢が集まったと聞いて、兵糧は大丈夫かとそればかりを案じております。私も頼朝様に、兵糧を送るようしきりに進言をしておりますゆえ、何卒ご辛抱めされよ。

いきなり兵糧の話から入るところが天野殿らしいなぁ、と私は一人で声を出して笑ってしまった。でも実際、いまの私は戦の指揮なんかよりも兵糧の工面ばかりに日夜心を砕いているわけで、天野殿の気遣いは心に沁みるものがあった。

範頼殿。僭越ながら申し上げますと、私の見るところ、あなた様は空の上から網を張るように戦場全体を見渡す、龍のような大きな目をお持ちです。そして義経殿は、敵の弱みを見つけ、その一点を突いて錐《きり》のごとく敵陣を突き破る、虎のような鋭い目をお持ちです。それゆえに頼朝様は、あなた様を総大将に、義経様を先発する別働隊の将に選ばれたのでしょう。

龍には龍にしか、虎には虎にしかできぬことがあります。いくら龍が虎にあこがれ、虎が龍をうらやんだところで、龍は虎にはなれず、虎は龍にはなれませぬ。

龍は龍らしく、虎は虎らしく己が道を征くことこそ、戦の秘訣でありましょう――

「私ごときを龍だとはまた、ずいぶんなご追従《ついしょう》ではないか天野殿」

まるで歯が浮くようなことを天野殿が書いて寄越すので、私は読んでいてなんだか背中が痒くなってしまった。

だが、実直そのものの天野殿が、そんな見え透いたおべっかを使うような方でないことはわかっている。これは、いつも不安げにオドオドしていて、しかも頼朝兄さまに叱られて心が折れているはずの私に自信をつけさせようという、彼なりの優しさなのだ。

龍には龍にしか、虎には虎にしかできぬこと。

それって、何なのだろう――

一月二十日の早朝、私は瀬田の唐橋の目の前に軍を展開した。

瀬田の唐橋は、琵琶湖から流れ出る瀬田川にかかる大橋で、京を出て東に向かう際には必ずここを通らねばならない交通の要衝である。

「ここまで来れば、もう京は目と鼻の先。一気に義仲めを討ち取ってやりましょう」

嬉しそうに土肥実平殿が言った。楽勝の気配が漂う中、諸将の興味はもはや、少しでも多くの敵を討ち取って手柄を立てることに移っている。

「橋の向こうに見えるは、今井兼平《いまいかねひら》の軍勢でございますな。義仲の乳母子《めのとご》(19)で、幼い頃から義仲とは兄弟同然で育ち、義仲軍で随一の剛の者と名高い男です」

「うむ」

「早いところ今井兼平を蹴散らして、京に攻め込みましょう」

だが私は、静かにかぶりをふった。

「いや。京には入らない。ここで待機して、北陸めざして落ちのびてくる義仲を待ち受ける。この瀬田の唐橋は、北陸を目指すならば必ず通らねばならぬ道。我が軍がこの瀬田を固めている限り、義仲を逃がすことは決してないからな」

その言葉に、土肥殿が明らかに不服そうな顔をした。

「……え？　では、誰が京に攻め込んで義仲めを倒すのですか」

「その役は、宇治に向かった義経が見事に果たしてくれるだろう。我々は、確実に義仲の首を取ることのみに専念する」

天野殿からの文を受け取って以来、私は自分が何をすべきか、ずっと考え続けてきた。その結論がこれだった。

義経は軍略の天才だ。義仲軍を蹴散らし、後白河法皇を救いだすという仕事であれば、あいつは完璧にこなすだろう。だが、地面に散らばった無数の米粒の中から、義仲というたったひとつだけの金の粒を見つけだすという仕事には、おそらく義経は絶望的に向いていない。

義経はそんな、広く網を張って獲物が掛かるのを息をひそめて待つような人間ではないのだ。あいつは自らの軍勢を鋭い錐のように研ぎ澄まし、他人がせっせと張った網を軽々と突き破るほうの人間だ。気まぐれなあいつの張る網など、どうせ所々に抜けがある粗いザルのようなものだろう。

でも、義経はそれでいいのだ。あいつは虎だ。虎は虎の仕事をすればいい。最後のひと掬いをする網の役は、兄の私がやってやる。

私は自分のことを龍だなどとは決して思わないが、少なくとも私は、そんな地味な仕事が別に嫌いではない。それこそが大きな目を持つ龍の仕事なのだと天野殿が言うのであれば、やってやろうじゃないか――

京に攻め込まずこのまま待機するという私の指示に、土肥殿があからさまに苦りきった顔をした。

「しかし蒲殿、それでは皆が納得いたしませせぬぞ。誰もが手柄を求めて、はるばる東国よりここまでやってきたのです」

土肥殿の抗弁も、気持ちはよくわかる。楽に戦てる戦は手柄の立て放題だ。見たところ五百騎ほどでしかない今井兼平の軍などさっさと蹴散らして、一刻も早く義仲を倒して武勲を立てたいというのが、わが軍三万騎の本音だろう。目の前に手柄がごろごろ転がっているのに、わざわざ前進を止める大将など聞いたこともない。誰もが私のことを、なんとしみったれた大将だと文句を言うはずだ。

だが、将兵に何と言われてもいい。私はもう腹をくくったのだ。私は橋を指さした。

「兼平のやつ、瀬田の唐橋の橋板を外しておらぬ」

「は？」

「我々のような大軍を迎え撃つならば、まずは橋板を外して通れなくするのは当然のこと。それをやっておらぬということは、奴らはこの橋を渡って、北陸に逃げるつもりということじゃ」

「……」

「今井兼平は小勢といえど侮りは禁物じゃ。奴は最初から、我々と戦って勝つ気などない。どれだけ討ち取られ、最後の数名になろうとも、命に代えて義仲を守り北陸まで落ちのびさせること。それが奴の狙いだろう。

これだけの兵力の差があれば、義仲軍を破るのはたやすい。だが、身を隠して逃げのびようとする、必死の覚悟の者を見つけだして討ち取ることは容易ではないぞ」

「しかし、それでは我々は何の手柄も立てられず……」

「案ずることはない土井殿。黙っていても、義仲は必ずこの瀬田までやってくる。この戦、討ち取った首の数では一切評価しない。義仲を討ち取った者だけが手柄じゃと皆に伝えるがよい」

私がそう言い切ると、土肥実平殿は不平不満をありありと顔に浮かべながらも、仕方なく黙って引き下がった。

戦の開始を告げる鏑矢が飛び交い、戦端が開かれる。

三万騎の我が軍と、五百騎の今井軍である。始まる前から結果は見えていた。瀬田の唐橋を渡り、じわじわと水が浸透していくように対岸に広がっていく我が軍を前に、今井軍はすぐに支えきれなくなり、あっさりと後退を始めた。

「皆の者、今井兼平を深追いしてはならぬ！　この瀬田を守るという下知を忘れて深追いした者は、手柄を立てても一切認めぬぞ！」

　私が大音声でそう叫んで回ったことで、馬に鞭を入れて追撃にかかろうとしていた諸将は足を止めた。その顔は明らかに不満げだった。

　今井兼平といえば、義仲四天王の筆頭といわれる剛の者である。彼の首を取れる機会などそうそう来やしない。それなのにこの千載一遇の好機を、この馬鹿大将はみすみす無駄にしろと命じるのか――そんな将兵たちの心の声が表情からはっきりと見て取れた。動揺していると皆に思われたら負けだと、私はことさらに、能面のような表情を無理やり作った。


　昼頃になって、京から義経軍の伝令がやってきた。

　宇治川を越えた義経軍は、京になだれ込んであっという間に義仲軍を蹴散らし、後白河法皇の身柄を無事に確保したという戦勝の報告だった。

　それを聞いた我が軍の兵たちは、形だけは勝鬨を上げたが、どうにも覇気がない。味方の勝利を喜ぶよりも先に、楽に手柄を立てる絶好の機会を義経に全部奪われたことに、誰もが露骨にがっくりと肩を落としていた。

　私は、皆を元気づけるように声を張り上げた。

「皆の者、ここからが真の正念場じゃ。義仲はまだ討ち取られておらぬらしい。ならば奴は必ずや、北陸に落ちのびて再起を図ろうとこの地にやってくる。それを見つけだし討ち取った者が、この戦の一番手柄であるぞ！」

その声を合図に、諸将たちが一斉に義仲を探して周辺に散らばり、壮絶な落ち武者狩りが始まった。その間、私自身はずっと瀬田の唐橋の上に立ち続けた。

季節は早春。冬の寒さは峠を越え、少しずつ緩みつつあるとはいえ、橋の上は寒風が遮るものなく吹き荒れ、川面から冷気が上がってきて特に寒い。

こんな橋の上で待っていても、どうせ義仲がここまで来られるわけがないじゃないですか、と周囲の者たちは呆れたように言って、橋のたもとにある建物の中で暖を取ってはどうかと勧めてきたが、私は断った。

この橋を守ることが、この戦における私の仕事なのだ。万が一義仲が皆の目をかいくぐってこの場まで来たら、私は自ら刀を抜いて義仲と戦い、その首を落とすつもりでいた。

「このやり方で、正しかったはず――」

口の中で、誰にも聞こえないような小声で、自分に対して何度もそうつぶやく。

もちろんこの橋は最後の砦であって、そうなる前に配下の誰かが義仲を討ち取って手柄を立ててくれれば、それに越したことはない。

朝からずっと橋の上に立ち続けて、義仲が討ち取られたとの報がやってきたのは夕方のことだった。すでに日は暮れかけ、山の端に夕日が差しかかっていた。

京で義経に敗れたあと義仲は忽然と姿を消し、結局、瀬田の唐橋からほんの半里も離れていない粟津の松原まで逃げのびて、そこで我が軍に発見された。

私が橋の上から湖岸を眺めていると、松原のあたりで何やら喊声が上がり、砂ぼこりが盛んに上がり始めた。騒がしいなと不審に思っていたら、それこそが、逃げる義仲を我が軍が捕捉し、取り囲んで馬で追い回していた時の土煙だったということだ。

三万騎もの兵が瀬田周辺を血眼になって探し回ってもなお、義仲は瀬田の唐橋の寸前まで秘かにたどり着いていたわけで、橋の上で私が自ら義仲と斬り結ぶというのも、一歩間違えば本当にあり得た話だったのかもしれない。

最後まで義仲と行動を共にしていた今井兼平は、義仲が討ち取られる様子を見るや、太刀の先を口に含んで馬から逆さまに飛び降り、頭を貫いて死んだという。

「無事に……討ち取ったか……」

私は報告を聞いた途端に全身の力がへなへなと抜けてしまい、思わず馬から落ちそうになった。その時になってようやく、自分が朝からずっと全身に力を入れてガチガチに緊張していたことに気がついた。私にとって、これが総大将としての初めての勝利だといえるが、湧き上がってくるのは喜びというよりは安堵ばかり。はああと大きなため息をついた私の口からは、

「そうか……」

という言葉くらいしか出てこなかった。

その日の夜に祝勝の宴を張った時、土肥実平殿からは、

「勝った大将というよりは、まるで敗軍の将のようなお疲れぶりですな」

と、笑ってぽんぽんと肩を叩かれた。

翌日になると、前日の義経の戦いぶりが伝わってきたが、それは予想していた以上の見事なものだった。

敵軍に宇治橋の橋板を外され、宇治川の流れに行く手を阻まれた義経軍だったが、馬を操る腕前に覚えのある五百騎ほどが、敵前でありながら競うように馬を駆って強引に川を渡り、その地を守っていた根井《ねのい》行親《ゆきちか》や楯親忠《たてちかただ》らを打ち破った。すると義経はなんと、そのまま全軍が渡河するのを待たず、川を渡ったわずか五百騎だけを連れて京を急襲したのである。

折しも、義仲は後白河法皇を無理やり連行して北陸に落ちのびようと、院の御所を囲んで圧力をかけ、警護の兵と押し問答をしていたところだった。そこに義経率いる五百騎がなだれ込んだ。義経が宇治川を渡るにはもう少し時間がかかると見ていた義仲軍は、不意を突かれて壊滅状態になり、法皇様の拉致を諦めて北陸に逃げていった。

その時の義仲軍は、瀬田や宇治から逃げ戻ってきた将たちも合流して軽く七百騎は超えていたはずだ。かたや義経軍は五百騎ほどしかいないうえに、宇治からずっと駆け通しで疲れきっている。もし私だったら、宇治川を渡った時点で停止し、後続が川を渡るのを待ってから全軍揃って進むところだが、義経はそうは考えなかった。

後白河法皇が拉致されるかもしれず、事は一刻を争う。

それに、こちらは宇治の勝ち戦から間髪入れず押し寄せた勢いがある。数が少なく疲れきっているといっても、相手の不意を突けば、その程度の不利など簡単に跳ね返せる。そう見切った義経の読みは正しかった。

義経が自軍の大部分を置き去りにしていち早く京に攻めのぼったことで、後白河法皇を連れ去られるという最悪の事態は間一髪で回避された。宇治からやってきた義経の五百騎は、数に勝るが戦意に乏しい義仲軍を、勢いにまかせて一気に蹂躙した。さすがは義経だと、私はその的確な戦術眼に素直に感心した。

数日後、後白河法皇からお召しがかかったとの報を受け、私は一人で京に向かった。その間も私は軍勢を瀬田に留め置き、京には入れていない。この措置もすこぶる諸将の評判が悪かったと聞いているが、不評は覚悟していたし仕方のないことだ。

我が軍は田舎育ちの東国武者たちの寄せ集めだ。そんな者たちが勝者として意気揚々と京に乗り込んでいけば、京の物珍しい物品や洗練された美しい女性たちを見て、たちまち乱暴狼藉をはたらくことは目に見えている。それでは、つい半年ほど前に京にやってきた義仲軍と何も変わらない。

とはいえ、鎌倉ですら華やかな町に感じるような東国の者にとって、京は一度はこの目で見てみたい憧れの花の都だ。出発前には一族郎党や周囲の者たちから、ぜひ京のみやげ話を聞かせてくれ、京でしか手に入らない雅な品々を持ち帰ってきてくれ、と誰もが頼まれている。

それなのに、まさか京に入れもしないとは。

これでは帰った時に、お前はいったい何をしに行ったのだと物笑いになることは確実だろう。仕方ないこととはいえ、私としてもこの命令を出すことは心苦しかった。

私は京の市中で義経と合流すると院の御所に向かった。謁見の間に案内された私と義経は、平伏して法皇様のお越しを待つ。すると衣ずれの音がして、御簾《みす》の向こうに後白河法皇が座られたのがわかった。

続いて、法皇から直々のお言葉があった。

「こたびの頼朝軍の働きにより、禁中にて暴虐の限りを尽くした木曽義仲めの首を取ることができた。まこと大儀である」

ずっと平伏して畳に額を摺りつけているので、私から法皇様の顔は見えない。その声を聞いて、私は少しだけ意外に思った。

後白河法皇は、頼朝兄さまが「日本一の大天狗」と評したような、食えない御方である。法皇様は二十九歳で天皇に即位して以来、何度も武士たちを怒らせては、力ずくで幽閉されるという憂き目をたびたび味わっている。それなのに彼は、もう三十年近くにわたり決して権力の座からは下りず、権謀術数の限りを尽くして武士たちを翻弄し続けてきた。そんな人柄から、きっと凄みの利いた恐ろしげな低い声なのだろうと私は勝手に想像していたのだが、法皇様の声は耳障りなほどに甲高いものだった。

「我々こそ、陛下のご宸襟を安んじ奉ることができ、無上の幸せにございます」

私は、決まりきった型どおりのつまらない答えを返した。

私の父の源義朝といい平家といい木曽義仲といい、法皇様に関わった者はことごとくろくな運命を辿っていない。だからこそ私は、この謁見ではできるだけ無難な会話に終始して、少しでも早くこの場を去り、法皇様とは極力関わらないようにしようと決めていた。

「時に義経。お主はいち早く院の御所に駆けつけ、義仲に連れ去られんとする我が身を救ってくれた。その忠心と武功たるや目覚ましいものがある。面を上げよ」

「はっ！」

後白河法皇に促され、義経がゆっくりと頭を上げて、御簾に映る法皇様の影をまっすぐに見つめた。源氏の血を引くとはいえ一介の武士にすぎない義経が、法皇様から直々にここまでのお褒めの言葉を頂くというのは破格のことだ。

面を上げよというのは鎌倉軍の功績を認めての言葉とも取れるので、私も義経と一緒に顔を上げてもよかった。だが、私はあえて平伏を続けて法皇様の顔を見ないようにして、隣に座る義経をチラチラと横目で見ていた。

法皇さまとはとにかく関わるな――事前に心に決めていたことを、何度も心の中で繰り返し唱える。一度でもその顔を見てしまったら、自分などあっという間に法皇様に絡め取られてしまいそうな気がした。

「うむ。実に雄々しき面構えじゃ。この頼もしき武者ぶり、あの乱暴な義仲を苦もなく追い払ったのも道理じゃのう」

「過分のお褒めに預かり、この義経、恐悦至極に存じます」

義経の凛々しい声と歯切れのよい受け答えを聞いて、後白河法皇が好感を抱いたのは間違いなかった。表情は見えなくとも、聞こえてくる法皇様の声が明らかにうきうきとしている。私は嫌な予感しかしなかった。

「よい、よい。そこまで堅苦しくならず、心安くせよ。それにしても義経よ、お主らの軍勢は宇治川を馬で渡ったと聞いたが、対岸に敵の姿もあろうに、いったいどのようにしてそのような離れ業を成し遂げたのじゃ」

「はい。我ら東国の武士にとって、馬は自らの体の一部のようなものにござりますゆえ、あの程度の川を馬で渡るなど特段のことではござりませぬ。

我が麾下の佐々木高綱《ささきたかつな》と梶原景季《かげすえ》の二名が、まずは進んで宇治川に馬を進み入れて対岸への先陣一番乗りを競ったものですから、ほかの者も自分に渡れぬことはないと心を強くし、遅れてはならじと後に続いたのでござります」

「ほう。なんとも面白きこと。そうか、そなたにとっても馬は体の一部か」

「はい。物心ついた頃から馬を乗り回し、もはや足も同然にござります」

私は、盛り上がる二人の会話を横で聞きながら気が気ではなかった。どうして義経はわざわざ、法皇様が興味を持ってしまうようなことを自分から口にするのか。

話が盛り上がるということは、失言をしてあとで頼朝兄さまに叱られる可能性も高くなるということだ。こんな高貴な人を相手する時は、当たり障りのないつまらない話だけで終わらせ、早々に話を切り上げるのに越したことはないのである。私は義経の迂闊さが心配でならなかった。


私は総大将で頼朝兄さまの代理人だから、本来なら私がこの席で一番多く発言すべき立場にある。しかし法皇様はさっきから義経にしか声をかけないし、義経も嬉々としてその質問に答えるので、私は完全に蚊帳の外だった。私はただ亀のように四肢と首を引っ込めて、黙ってじっと畳の目を数えていた。

「義経には、これからも常に我がそば近くにあって、京の治安を守ってほしい」

二人の会話は大いに盛り上がり、最後は後白河法皇の口からそのような言葉まで飛び出した。途端に義経の顔がパッと明るくなり、元気よく即答しそうだったので、私は慌てて口を挟んだ。

「あの！　懼れながら法皇様！　我々は兄・頼朝の名代としてこの地に参りました。頼朝の命なくして動くことは叶いませぬゆえ、何卒、鎌倉にその旨をお伝え願えればと存じます」

法皇様のお言葉を義経は無邪気に喜んでいるようだが、私にとってはこんな言葉、もはや恐怖でしかない。義経は相変わらず子供のように、自らの戦術をひたすら得意げに法皇様に語っているし、後白河法皇も嬉しそうに聞いているが、私はそれに強引に割って入り、話を打ち切ってそそくさと御前を退出した。

その日の宿所とした寺に帰ると、私は義経を部屋に呼び、苦言を呈せずにはいられなかった。

「あのな義経……あれは、まずいぞ」

義経は、私の苦りきった顔を意外そうに眺めている。この表情は間違いなく、事態の深刻さを全く理解していない。

「法皇様とあまり懇意になりすぎるな。問われたことに答えるだけにせよ。それ以上の発言は無用じゃ」

しかし義経は、ただ仲良く話をするだけで何で怒られなければならぬのか、といった態で、不機嫌そうに口ごたえした。

「ですが兄上、法皇様をお救いして頼朝兄さまのお味方になって頂くのが、我々に課せられた使命ではありませぬか。それなのに、なぜ懇意になってはならぬのですか」

「義経……勘違いするでないぞ。我々はただの駒なんだ。そのことをわきまえろ。

立場上、本来なら法皇様とお話をすべきは頼朝兄さまであって、我々ではない。それなのに、駒である我々が頼朝兄さまを差し置いて勝手にあれこれ法皇様と話をしては、そのあとで食い違いが生じた時に、いろいろと面倒なことが起こるんだ。わかるか?」

「……わかりません。私はただ楽しくお話をしただけです。法皇様と懇意になって我々に好意を抱いて頂くことは、ひいては源氏のためでもあるはずです」

「いいか義経。お主の言い分はもっともだが、それ以前に我々は頼朝兄さまの名代なんだ。我々は、全て鎌倉に確かめたうえで受け答えをせねばならぬ。

今日のお主のように、自分勝手にべらべらと法皇様に話をすることは決してまかりならぬ。たしかに、いちいち面倒くさくて嫌だとは思うが、そこはきちんとわきまえるのじゃ」

「何とも、窮屈なことでござりますな」

「たしかに窮屈だ。だが、世間とはそのようなものだ義経。お主一人でこの世を生きているのではないのだから、頼朝兄さまにも、周囲の者たちにもきちんと気を遣わねばならぬ。……あのな、私はお主の身を案じて言っているのじゃぞ」

「頼朝兄さまはお優しい方。きっとわかってくださります」

義経が私の苦言を受け入れず、不機嫌そうに口ごたえしたので私は閉口した。

そうか。義経は、目を細めて嬉しそうにしている頼朝兄さまの姿しか見たことがないのだった。だからこいつは、兄さまの恐ろしさを知らないのだ。

義経はいつもハキハキと、臆せずに自分の意見をはっきりと述べるし、その意見はいつも的確だから、鎌倉にいた時には、頼朝兄さまも義経を気に入って優しく接していた。かたや私なんて、「何だお前、まだいたのか」と忌々しそうな目で見下されてばかりだから、兄さまに対しては恐怖しかない。

それだけに、私は兄さまの顔色をいつも恐る恐る窺っていて、だから兄さまがどんなことに腹を立てるのかとか、どうすれば怒られないですむかをだいたい理解できるようになっている。だが、義経にそのような意識は一切なく、いまだに友達同士のような感覚でいる。

「義経よ。法皇様が助けを求めてきた時に、頼朝兄さまが冷たくあしらって、すぐに助けに行かなかったのを覚えているだろう。たしかに兄さまはお優しい方かもしれないが、そういう底意地の悪さもあることを心に留めておくのだ。よいな」

私は義経に小声でそう忠告し、義経も私の真剣な表情に気《け》おされて、渋々ながら首を縦に振った。この忠実な飼い犬のような弟は、果たしてどこまで私の言葉の意味を理解してくれただろうか。

義経よ、油断すると危険だぞ。
お主が知っている兄さまは、兄さまのごく一部だけなんだ。
兄さまにはほかの恐ろしい面もあることを知っておかないと、足元をすくわれるぞ。

五．一の谷の戦い

源義仲を討ち取った頼朝軍は、勢力を回復して福原まで進出してきた平家と雌雄を決するべく西に兵を進めた。しかし、八万とも十万ともいわれる平家の大軍勢に対して、源氏方の軍勢は五万五千騎しかない。到底勝ち目のない戦いに向けて、義経はひとり、起死回生の秘策を胸に秘め丹波路を進軍する。


木曽義仲が討たれ、京には平和が戻った。だが、義経と私の軍は鎌倉への帰還を許されず、そのまま京周辺に留め置かれた。

私は相変わらず瀬田に陣を置いたまま、軍を京には入れていない。

「蒲殿は、いつまで我らをこんなところに押し込めておくのだ」

「はるばる鎌倉からやってきたというのに、ろくに手柄も立てられず、美しい京の都を見ることもかなわず、これではとんだお笑い種《ぐさ》だ」

「何でも、義仲を片付けたら、そのままその足で福原に行って平家も倒せという話になっているらしいぞ」

陣中で、私へのそんな不平不満がささやかれているということは承知している。それはそうだろう。私も、もし彼らの立場に置かれたらきっと同じ文句を言う。

だが私は、後白河法皇への謁見のために京の町に足を踏み入れてみて、こんな場所に荒くれ者の東国武士たちを絶対に連れ込んではならぬと改めて確信した。

かれこれ四年ばかり続く天候不順のせいで、諸国から届けられる年貢が減り、京の町は明らかに飢えていた。この傷ついた都はもはや、これ以上の乱暴狼藉に耐えることはできない。

私が毎日必死に周囲から兵糧をかき集めて兵たちを飽食させているので、京に入ってもそこまでひどい略奪は起こらないとは思う。だが、戦勝気分に酔う武士どもが京の町で浮かれ騒いで問題を起こすことを、完全に取り締まるのは不可能だ。

義経と私が京からすぐに帰還できない理由は、西国の平家の存在にあった。

平家は義仲に京を追われたあと、誰からも受け入れてもらえず、一時は遠く九国（九州）の大宰府まで落ちのびていった。しかし、その後に讃岐国（香川県）の豪族に迎え入れられると、瀬戸内海を扼《やく》する要衝の地、屋島に巨大な軍港を築き、水軍の新たな一大拠点とした。

　腐っても平家は武士である。朝廷を牛耳って栄華の限りを尽くしたことで、平家の武士どもは惰弱になり、戦では使い物にならなくなったと一時は言われたものだが、都落ちして世間の荒波に揉まれたことで、彼らの意識も変わった。

　暖衣飽食を捨てた平家は、武士としての本来の自分をすっかり取り戻し、西国から運上される年貢を奪い取って我が物にすることで、着実に勢力を回復していた。

　特に、討伐にやってきた木曽義仲を水島の戦いで破ってからは、平家は往時の勢いを完全に取り戻している。その時の義仲軍は士気も低く本来の実力をほとんど出せてはいなかったが、それでも勝ちは勝ちである。

　かつて自分を都から追い落とした木曽義仲に鮮やかな反撃を果たしたことで、平家の威信はよみがえり、いったんは平家を見限った西国の武士たちも、掌《てのひら》を反すように平家側に戻ってきた。そしてとうとう平家は、かつて平清盛が巨費を投じて築き上げげた自らの本拠地、福原を奪還するまでに至ったのである。

　福原から京までは三日もあれば着いてしまう。源氏に肩入れして平家を古草鞋《ふるわらじ》のように捨てた後白河法皇としては、いま義経と私に京を去られてしまっては身の安全が保てない。

この間に私は、伏見に置かれた義経の陣との間を往復して、今後のことについて何度も打ち合わせを行った。

「三種の神器の安全を思えば、平家と和解して神器を返還させるのが一番だと思うのじゃが、ろくに話が進んでおらぬらしい。となると、我々はこのまま西に向かって、平家と戦うことになる」

「法皇様は源氏に深く肩入れしてくださっております。実に心強いことです」

無邪気な義経はそう言うが、心強いなんてことがあるかよ、と私は思う。

法皇様が味方になり朝廷の宣旨という大義名分を得たことで、たしかに多くの兵が集まるだろう。それでも、最終的に血を流して殺し合いをするのは我々武士だ。

平家側の強みは、京を逃げ去る際に、まだ七歳の安徳天皇とともに、皇位継承の証である三種の神器、すなわち天叢雲剣《あめのむらくものつるぎ》・八尺瓊勾玉《やさかにのまがたま》・八咫鏡《やたのかがみ》を持ち出していることだ。

安徳天皇は平清盛の孫で、平家の権力を盤石にしようとする平清盛のごり押しによって強引に即位させられた天皇である。清盛はすでに三年前に病死し、平家との関係も完全に決裂したいま、後白河法皇としてはこんな都合の悪い天皇はさっさと廃位させて、異母弟である尊成《たかひら》親王を次の天皇に立てたいところだった。だが、平家がそれを認めるはずもなく、この世に二人の天皇が並び立つことは避けられない。

その時、どちらが正統の天皇なのかと言われると、天皇の位を継承する証である三種の神器を持つ安徳天皇のほうに圧倒的に分があるのは間違いなかった。

後白河法皇は最初、平家と交渉して和議を結び、平和裏に三種の神器を取り返すことを考えていたそうだ。

だが、平家側がそれを突っぱねた。彼らはもう、後白河法皇のやり口の汚さを身をもって知っている。力のある者に宣旨を与えて自分の味方につけるが、その者が自分にとって不都合になると、切り捨ててさっさと次の強者に乗り換えていくというのが後白河法皇のいつもの手口だ。そして、法皇の身勝手に翻弄された挙句、平家自身は京を追われ、平家を京から追いやった木曽義仲も滅亡した。

そんな後白河法皇からの和平の申し入れなど、勢いを取り戻した平家が「はいそうですか」とすんなり信じて受け入れるはずがなかった。

「結局、我々も手駒として、都合よく法皇様に使われるのだな」

私はうんざりした口調でぼやいたが、義経はキョトンとしている。

「手駒ですか？　平家を倒すのは我ら源氏の悲願ではないですか」

建前としては義経の言うとおりだ。我々の父を殺した平家は源氏の宿敵であり、絶対に倒さねばならない。

だが、京から追い払うように木曽義仲を平家追討に行かせて、負けて帰ってくるやあっさりと頼朝兄さまに乗り換えた法皇様のふるまいを見るにつけ、法皇様の気まぐれで平家との戦いに向かわされることに、私は全く気が進まない。

「これでようやく、父の仇を討つことができます。心が躍りますね」

「まあ、頼朝兄さまのご判断に従うだけだ、我々は」


私は、いま平家を討つのは正直言って無謀だと思っている。

我々が京にやってきたのは義仲を討つためであり、私はその足で平家を討つことまでは考えていなかった。

義仲との戦いが楽勝で終わったので、幸いなことに我が軍の五万五千騎の兵はほとんど傷ついていない。とはいえ、次の相手になる平家が動員している兵数は八万騎とも十万騎とも言われているのだ。

我々も平家追討の宣旨を使って必死で兵をかき集めているが、新たに加わるのはせいぜい一万騎が関の山だろう。平家の八万から十万騎に対して、我が軍がたったの六万五千騎ではまったく勝負にならない。どう見ても準備不足である。

しかも我々は本拠地を遠く離れた、地理に不案内な西国への遠征で、それを迎え撃つ平家側は勝手知ったる地元での戦いなのだ。これだけ不利な条件が揃っていて、勝てると思うほうがどうかしている。こんなもの、義仲が平家に敗れた水島の戦いの二の舞を踏むだけではないか。

後白河法皇にしてみたら、手元に源氏のまとまった兵があるから、じゃあ平家にぶつけてみるかといった程度の意識なのかもしれない。だが、それで戦に駆り出されるほうの身としては、そんな軽い気持ちで出陣させられてはたまったものではない。

私は、それでも頼朝兄さまは聡明な方だから、きっと彼我の戦力差もちゃんと斟《しん》酌《しゃく》したうえで適切に判断してくれるはずだと信じていたのだが、そんな私の甘っちょろい期待はあっさりと裏切られた。兄さまは、二つ返事で後白河法皇のご意向を引き受けてしまったのである。

すぐに京を出発して平家追討に向かうようにと、義経と私のもとに鎌倉からの命令書が届いた。要するに、兄さまは戦場に立つ我々の命よりも、対朝廷の政略のほうを優先させたわけだ。

やっぱり、兄さまは戦のことには疎いのかもしれない。

その命令書を見た時、私は改めてそう思った。もちろん、私だって戦についてはまだ素人に近く、偉そうなことを言えるほどの経験があるわけではない。でも、我が身を戦陣に置いて、日夜戦いの結果とにらめっこする毎日の中で、勝ち負けに関する嗅覚が日に日に研ぎ澄まされてきているのがわかる。

結局、戦は人数で決まるのだ。戦いの前にどれだけ多くの人数を集められるかで、始まる前から勝敗は九割方決まっている。木曽義仲との戦いなど、人を集められなかった時点で義仲の負けは明白で、私と義経の戦いなどは単なる答え合わせでしかなかった。

では、今度の戦はどうか。私の見る限り、始まる前の準備の段階で、源氏が勝てる要素などひとつも見当たらない。それでも頼朝兄さまはぶつかってみろと言う。

こりゃあ、自分は死ぬかもしれないな――

私はまるで他人事《ひとごと》のように、そんなことをぼんやりと考えた。

天野殿は私のことを、空の上から戦場を見渡す龍のような大きな目を持っていると言ってくれた。では、空の上から戦場を見渡してみた時、この戦はどう見えるのだろう。

龍には龍にしかできぬことがある、龍は龍らしく己が道をゆけ、と天野殿は言ったが、龍にしかできぬこと――それはきっと、目先の戦いの勝敗だけでなく、その戦の先に何があるかまでを考えたうえで、進むか退くかを考えることではなかろうか。

勝てないならば勝てないなりに、その次につながる戦い方をしよう――

私は心の中で一人秘かに、そのような決意を固めた。

「義経よ、福原を攻めるとしたら、誰がどの道を進むべきとお主は考えるか？」

全員を集める軍議の前に、義経と二人だけで下打ち合わせをした。意見を求めると、義経は例によって迷いなく答えた。

「兄上は総大将ですから、堂々と正面をお進み頂くのがよろしいかと。ですので、海沿いの山陽道を行き、東の生田口で敵の正面軍をお引き受けください。私は小勢で搦手に回ります。丹波路の山中を進み、北の夢野口と西の一ノ谷口を襲います」

「うむ。それがよかろう。ただ、私のほうも平家の正面軍を相手にする以上、義経のほうに回せるのは二万騎が精いっぱいじゃ。苦労をかけるが辛抱してくれ。

まったく、砦を築いて守る平家のほうが八万とも十万とも言われているのに、攻める我々が六万五千騎ではまるで話にならぬ。戦いは数だということを、兄さまはちっともわかっとらんのだ」

私がぼやくと、義経はにっこりと春風のような笑顔を浮かべて言った。

「いえ、兄上。私は五千騎も頂ければ充分でござります」

「へ？」

私は絶句した。平家の大軍を相手に、たった五千騎とはあまりにも少なすぎる。

「義経。そんな小勢では死ぬぞ。せめて一万騎はいなければ、卵を岩に叩きつけるようなものじゃ」

「大丈夫ですって兄上。その代わり、この五千騎は私の腹心の部下と、軍中でも選りすぐりの精兵《せいびょう》をお譲りくださりませ」

「いや、いくら何でも無謀すぎる。そんな少数で、お主はいったい何をするつもりだ」

すると義経は意味ありげにウフフと笑うと、いたずらっぽく言った。

「戦いは数ではありませんよ、兄上」

結局、私は義経に五千の兵を与え、さらに土肥実平殿に五千の兵を預けて義経につけてやることにした。二人の軍奉行のうち、堅物の梶原景時殿ではきっと義経の奔放さに付き合いきれないだろう。その点、土肥殿には多少のことは笑って済ませるおおらかさがある。

私にしてみれば、土肥殿よりも梶原殿のほうが、一緒に仕事をするうえでは余計な気苦労がなくて楽である。責任感の塊のような梶原殿は頼んだことを毎回きっちり完璧にこなしてくれるが、土肥殿は適当に済ませてごまかすことも多いからだ。

だが義経のような人間にとっては、ほったらかしにして好き勝手にやらせてくれる土肥殿と組むほうが快適だろうし、あいつの軍略の才能も生きるはずだ。

「それでは、攻め落とした福原でまたお会いしましょう、兄上」

京を出て別の道に進む別れ際、そう言って朗らかに馬上で手を振る義経の顔には、この先もう一度、生きて会えることを信じて疑わない陽気さがあった。

これが兄弟の今生の別れになるかもしれないと、悲壮感に胸をふるわせながら馬首を返した私とは、まるで正反対の態度だった。

京を出て山陽道を行くこと三日。我が軍は福原の東の玄関である生田口にたどり着いた。

京から最短距離にあり、道幅が広く整備された山陽道が通る生田口方面には、当然ながら源氏の主力軍が押し寄せてくるだろうと平家方も見ている。そこで、彼らはこの方面に自軍の主力を配置し、堀をめぐらし逆茂木《さかもぎ》(20)を植えて鉄壁の防御を固めていた。

我が軍の兵数は、義経と土肥殿に計一万の兵を与えたので、残りのおよそ五万五千。それに対して生田口に集結した平家軍は、ざっと見たところ我が軍よりも二、三割は多いだろうか。その数は七万近くはいるはずだ。

ただでさえ数で劣っているのに、さらに万全の防御を固めている相手に突っ込んでいくなど自殺行為に等しいと思うが、やるしかない。ここで不甲斐ない戦いぶりを見せたら、どちらにせよあの怖い頼朝兄さまに愛想をつかされて、不忠だの怠慢だのという理由をつけてあとでどうせ殺されるのだ。


義経とは出発前に、矢合わせを二月七日に行うと約束している。

ちゃんと義経は丹波路を進んで、福原の北の玄関にあたる夢野口と、西の玄関である一の谷口にたどり着けただろうか。

夢野口の守将は平家随一の猛将・平教経《のりつね》であり、一の谷口を守るのは知勇兼備の名将と名高い平忠度《ただのり》だという情報が入ってきた。彼らも当然、義経と土肥殿が率いる一万騎よりもずっと多くの兵を、それぞれの口の防衛のために配備しているはずだ。義経のほうも苦しい戦いになることは間違いない。

明日は死ぬのかな、という恐怖と緊張で、戦いの前日はほとんど眠れなかった。明け方近くに目覚めたが、眠気で倒れそうになるかと思いきや、むしろ目は冴えている。恐怖と緊張が度を越すと、もはや眠気を感じる余裕もなくなるらしい。

まだ寒さの残る、早春の朝の空気が頬を刺す。白い息を吐きながら、私は無言で遠くの敵陣をじっと眺めていた。日がゆっくりと高くなり、吐く息の白さが消えた頃、ついに戦いの刻限がやってきた。

「蒲殿、それでは矢合わせを」

梶原殿からそう催促され、私は開戦を告げる鏑矢を弓につがえた。

一方の総大将が鏑矢を敵陣に向けて放ち、受けて立つ側の総大将が同じように鏑矢を射返すと、それが開戦の合図となるしきたりだ。私は弓を打ち起こして三分の一ほど引き絞ったが、そこで突如、敵陣近くからワッと叫び声が上がった。

「何事だ？」

「抜け駆けにございます！　武蔵国の住人、河原《かわはら》太郎《たろう》高直《たかなお》と次郎《じろう》盛直《もりなお》の兄弟が、秘かに敵の城に二人で忍び込んだものの、あえなく討ち取られた模様！」

下人がそう報告するのを聞くやいなや、梶原殿が顔色を変えた。

「何だと？　私の油断でみすみす河原兄弟を討たせてしまった。河原兄弟の弔いじゃ！　皆の衆、いますぐ全力で攻め寄せろ！」

そう叫んだ梶原殿は、私などほったらかしで馬に飛び乗ると、馬の尻に鞭を入れて猛然と駆け出していってしまった。

この抜け駆け騒ぎをきっかけに、矢合わせを待つことなく、我が軍の五万五千騎は一斉に鬨の声を上げて前進を始めた。轟々と響く馬蹄の音と巻き起こる砂塵。すぐに両軍が真正面から激しくぶつかり合う。

所在のなくなった私は、途中まで引き絞った弓をしょんぼりと元に戻した。

いつもそうだが、いざ戦いが始まってしまうと、拍子抜けなほどに総大将である私の出番はない。今日のような大戦であればなおさらだ。

総大将の仕事なんてものは、前日までにほぼ全部終わっている。

毎日ひたすら五万五千騎が食う飯の手配をして、彼らが暴れださないように、あの手この手でなだめすかしながら前進させ、陣立てを決めてそこに配置させるところまでが総大将の仕事である。そのほかにやるべきことと言えば、負けたら腹を切ることくらいだろうか。

敵味方合わせて十二万人を超える大人数が真正面からぶつかり合う戦に、指揮だとか軍略だとかいった高尚なものはほとんど存在しない。一度戦いが始まってしまえば、人々は皆興奮状態になってしまい、ごく近くにいる一族郎党の声しか聞こえなくなるからだ。

私がこの戦いに先立って出した指示といえば「無謀に突進《つきすす》んではならぬ。後詰めの軍が続かないのに一人で先駆けした者に恩賞はやらぬ」くらいのものだ。とはいえ、それだってもう開戦前に早々と河原兄弟に破られている。いまや、そんな指示など誰一人として覚えちゃいないだろう。

広大な戦場のあちこちに、人と人がぐるぐると渦を作っていた。渦はある時には大きく膨張し、ある時は小さくしぼみ、まるで決壊した泥の河のようにうごめく。

私は、ときどきやってくる伝令の報告を聞いては、苦戦している場所に助けに行ってやれと手の空いている将に命じた。

だが、数に勝る敵方に押されて、あちこちの戦線が青息吐息である。助けに行けるような手の空いている将など、あっという間にいなくなった。

そこに新たな伝令が、血相を変えて飛び込んできた。

「梶原景時様の軍勢が、敵に囲まれて苦戦しております！」

その報告を聞いて、私は絶望的な気持ちになった。

梶原殿は、私の補佐役として軍全体を監督する軍奉行だ。普通の戦いであれば、自ら弓を取って敵前に身を晒すようなことはまずない。そんな梶原殿自身が敵中深くまで馬を進め、敵に囲まれて危機に瀕するまで戦わねばならないほどに、戦況は芳しくないということだ。

軍の要である梶原殿が討ち取られたとあらば、いよいよ我が軍は一気に崩壊するだろう。だが、もはや私の周囲に救援に向かわせられる部隊は残っていない。かくなる上は、私も自ら敵陣に斬り込んで、梶原殿を救いに行くしかない。

「梶原殿は鎌倉に決して欠かせぬ男。放っておくわけにはいかぬ！」

私は馬を曳かせて鞍にまたがると、弓と手綱を持った。

「皆の者、梶原殿を救うのじゃ！　我に続けいッ！」

敵陣に近づくにつれて喊声と剣戟を打ち合う音が鮮明になり、ときどきヒュンと鋭い音を立てて、顔のすぐそばを流れ矢がかすめる。正直恐ろしいが、総大将たるもの、たかが流れ矢ごときで眉毛ひとつ動かしてはならない。全軍の士気に関わるので、私は奥歯を噛みしめて心の動揺を抑え込んだ。

私の軍の先頭が敵軍と接触し、あちこちで激しい組み打ちが始まる。私は声を嗄らして周囲を叱咤激励し、時に自ら弓を引いて矢を放った。

そうして一進一退の戦いをしばらく繰り広げていると、敵陣の奥深くから、濛々たる土煙とともに、源氏の白旗を掲げた軍勢が駆け戻ってくるのが見えた。その先頭で馬を駆っているのは梶原景時殿だ。普段はよく手入れされている長い顎鬚が、今日は返り血と埃にまみれてチリチリになって固まっている。

「おお！　梶原殿、無事だったか！」

「蒲殿！　助太刀かたじけない！　蒲殿が来てくださったおかげで敵が手薄になり、囲みを打ち破れました。おかげで命を拾い申した」

「ご郎党は皆ご無事か？」

「いま確かめているところにござりますが、主だった者は討ち取られてはおらぬはず。さきほど、次男の景高《かげたか》が敵陣に深入りしてしまい、まさに首を取られんとするところでしたが、斬り込んで何とか救いだしました」

平然とそう言ってのけた梶原殿は、ついさっきまで生きるか死ぬかの瀬戸際で戦っていたとは思えない冷静さで、誇る様子もなく淡々と報告した。梶原殿が率いる手勢は五百騎ほどだったはずだが、見回したところその数は半分くらいまで目減りしている。相当の苦しい戦いだったことは一目瞭然だった。

するとそこに、ぼろぼろの使い番が一騎駆け込んできた。

「梶原様！　今度は景季さまが敵の中に取り残されているようにございます！」

「何だと⁉　いますぐ向かう！　どちらの方向じゃ！」

使い番にそう返答すると、梶原殿はすぐさま馬首を返して、私にひとこと「御免！」

とだけ言い残し、再び敵陣に向かって消えていった。私も慌ててあとを追おうとしたが、これ以上の総大将の深入りは危険ですと周囲の者に止められ、やむなくその場で踏みとどまって戦線を維持し、梶原殿の戻りを待つことにした。

結局、梶原様はその後すぐに、仲間とはぐれて敵中に取り残されていた嫡男の景季殿までも救いだして帰ってきた。梶原殿の大袖には矢が何本も突き刺さり、草摺が半分切れてだらんとぶら下がっている。まさに修羅のごとき凄まじい姿だ。五百騎いた梶原殿の手勢は、五十騎ほどにまで討ち減らされていた。

もし、梶原殿と同じようなことが全軍で起こっているのだとしたら、五万五千騎いた自軍が、戦が終わる頃にはいったいどれくらいまともに残るのだろうか。

――やっぱり、この戦は駄目だ。撤退しよう。

私はついに肚を決めた。このままズルズルと戦い続けたところで、何の得にもならない。もともと無理のある戦だったのだから、ここできっぱりと戦いを切り上げてこれ以上の出血を防いだほうが、源氏の今後にとってはずっと有益なはずだ。だいたい、大負けしようが少しだけ負けようが負けは負けであって、頼朝兄さまに怒られるのはどうせ同じ一回なのだ。

そう決意した私が引き揚げの指示を出そうとした、その時だった。

突如、敵陣の奥深くから、ひときわ大きなどよめきが起こった。

「何があった？」

「わかりませぬ！　ですが敵の旗幟《きし》が大きく乱れており、何やら変事が起こったように見受けられます！」

寝返りか？　と最初は思った。

だが、その可能性を私はすぐに否定した。義仲に京を追われて艱難辛苦をなめ尽くしたことで、信用のおけぬ者たちがふるい落とされ、現在の平家一門の結束は錬鉄《ねりかね》のように強靭だ。ましてや現状、平家のほうが明らかに優勢に戦いを進めている。こんな状況で平家を裏切って、いまにも負けそうな源氏にわざわざ味方しようなどという馬鹿がいるはずもない。


平家の陣中に起こった異変に、戦場にいた誰もが次第に気づきつつあった。

福原の町から生田口の陣のほうに、平家方の武者たちが次々と駆け込んでくる。状況からいえば、生田口を援護するために差し向けられた増援だと見るのが自然だが、彼らは血相を変え、まるで敵から逃げてきたような慌てぶりだ。逆に、生田口の持ち場を離れて、そそくさと福原の町に戻っていく平家方の軍勢もいる。

旗幟の乱れは、いまや源氏側の武者たちの目にも明らかだった。そして徐々に、これまで源氏方を圧倒し、鉄壁の守りを見せていた平家方の圧力が格段に弱くなってきた。

これはどういうことかと訝《いぶか》しんで敵陣の奥を見つめるうちに、私はようやく敵側の混乱の理由を理解した。

遠く福原の町に、源氏の白旗が何本か翻っているのが見えた。どんな策を使ったのかはわからないが、義経が搦手から敵陣を突破して、福原の町に乱入したのだ。

義経が攻め込んだ夢野口も一の谷口も、義経が率いていた兵力よりもずっと多い数で固められていたはずだ。普通に考えて突破できるはずがない。まるで妖《あやかし》でも見ているような気分だった。

詳細な状況は一切わからない。福原の町の中に源氏の白旗がなびいているということだけが紛れもない事実だが、それだって見間違いかもしれない。

だが、戦いの流れを変えるのにはそれで十分だ。私は声を限りに叫んだ。

「あの白旗を見よ。敵陣はすでに源氏方の手によって破られたぞ！　皆の衆、いまこそ存分に手柄を立てられよ！」

こうなったらもう、理由や状況など別にどうでもいい。細かいことは気にせず、とにかく目の前に突如現れた勝利の可能性に全力で乗っかるだけだ。私はただひたすらに「攻めろ、勝てるぞ！」と叫び続けた。

勝てるかどうかなど、ひとつも根拠などない。

それでも、総大将の私が勝てると信じてさえいれば、あとは総大将の強気の態度を見て、周囲の者たちに「勝てるぞ」という思い込みが勝手に伝染していく。すっかり興奮状態になった我が軍は、ひるんだ平家方の陣を、さっきまでの苦戦が嘘のようにあっさりと突き崩していった。


夕刻、福原の町の数か所から上がった火の手はあらかた消し止められたが、焼け跡から白い煙が何条かたちのぼり、薄紫色の空に消えてゆく。昼間の騒がしい死闘が嘘のように、福原の町はおだやかな夕暮れ時を迎えていた。

潰走《かいそう》する平家方は、船に移って沖合に逃げていた。船を持たない我々はそれ以上の追い討ちをかけることはできなかったが、そもそも私は撤退の命令を出しかけていたわけで、これ以上何を望むというのか。

かつて清盛が本拠地とし、京からこの地に都を移そうとまでした福原の町は、この戦いで完全に源氏の手に落ちた。私は、平家の棟梁である平宗盛が起居していた広大な館を今夜の陣屋に定めると、ここで義経と再会した。

京で別れる時、攻め落とした福原でまたお会いしましょうと笑っていた義経が、その時と全く変わらぬ人懐っこい笑顔を浮かべながら屋敷に入ってきた。

地に片膝をついて私に頭を下げた義経は、鎧のあちこちに返り血を浴びて全身は埃まみれであり、今日一日の乱戦ぶりが容易に想像できた。

だがその表情に疲れの色はなく、飼い主と散歩に出る時の犬のようにきらきらと輝いている。全身から喜びが噴き出しているようなその様子に、私は思わず苦笑した。

「ずっと戦い詰めだったろうに、全くこたえていない顔をしているな」

「ええ。我が軍に船さえあれば、いまごろ平家を全て海の藻屑にしております」

こいつは、まだ戦う気なのか。

私なんかは、もう十分すぎると今日の戦果に満足しきっているのに、この弟はそれでもまだ、ここからさらに勝ちを積み増せないかと考えている。

義経にとって戦は双六のようなもの。

相手と勝ち負けを競うことも楽しいし、しかも才能あふれる自分が負けることはほとんどないから、負けて悔しがる相手の顔を見るのはもっと愉快だ。今日はせっかくの接戦をかろうじて制したのだから、さらにその差を広げて、より楽しみ尽くしたいと考えるのも当然なのだろう。

はっきり言って、今日の平家は強かった。士気は高く油断もなく、決して源氏に負けるような軍ではなかった。平家の唯一にして最大の不幸は、たまたま敵方に、義経という不世出の、桁違いの戦馬鹿がいたということだ。


「義経よ、此度のそなたの働き、頼朝兄さまもお喜びなさるだろう」

「ええ。この義経、今日は源氏のため、頼朝兄さまのために勝利することができ、無上の喜びに存じます」

　私は、今日一番不思議に思っていたことを真っ先に義経に尋ねた。

「それで、お主はどうやって一の谷口を破ったのじゃ」

「一の谷口の背後に、鵯越《ひよどりごえ》という名の崖がござりました。しかし崖とはいうものの、鹿は平気でそこを行き来しております。ならば、かろうじて馬で駆け下りることもできようと考えました。

　この鵯越を抜ければ平家の陣屋の裏手に出られますゆえ、敵の裏をかくにはここを衝くのが一番と、私は三十騎の手勢とともに崖を駆け下った次第にござります」

「はぁ？　……三十騎？」

　言葉を失った私に向かって、義経が事もなげに答えた。

「はい。そもそもこの戦、尋常に戦っては到底勝てぬことはわかりきっていたゆえ、何か奇策を打たねばならぬという頭は初めからありました」

「それにしても三十騎とは……しかも崖を馬で下るなど、お主の身に何かあったらどうするつもりだったのじゃ」

「ははは兄上。もし私がこの鵯越を駆け下りなければ、どちらにせよ兄上も私も、平家に敗れて殺されておりましたよ」

それはそうだ。だが、私はそこまでキッパリと命を割り切ることなどできない。

「同じ死ぬのなら、何もせず負けて殺されるよりも、死を覚悟で敵陣に奇襲をかけて死ぬほうが、まだ生き残れる目《め》はあるし、愉快ではないですか」

そう言ってあっけらかんと笑う義経に、私は啞然とした。


この戦は、普通にやっていたら絶対に負ける。そう考えていたのは義経も自分も同じだった。

その時に自分は、ここは素直に負けを認め、味方の傷が少しでも浅いうちに撤退して、次の戦に望みをつなごうと考えた。だがこの九歳年下の弟は、負けて死ぬくらいなら奇策に賭けて死のうとあっさりと覚悟を決め、しかもその、限りなく勝ち目の薄い賭けに勝ってしまったのだ。

間違いなく、この弟は天才だ。

鎌倉で初めて会った時からずっと、義経には何となく非凡なものがあるとは思っていたが、それが私の単なる思い込みではなかったことが明らかとなった。今日の鵯越の逆落としによって、義経の武名は国中に響き渡るだろう。源氏に与する者にとっては軍神のごとく、平家にとっては悪鬼羅刹のごとく、その雷名《らいめい》が勝手に独り歩きを始める日も近いはずだ。

かたや、この戦いにおける自分の働きはどうだったか。

このあと、鎌倉の頼朝兄さまに戦いの報告をしなければならないが、その際に義経と自分の功績が比較されることは、どうしても避けられない。

これは、総大将の交替もありうるな――

まったくの自業自得ではあるが、不甲斐ない指揮を頼朝兄さまに責められる自分の姿を思い浮かべて、私は独り心の中で暗澹たる気持ちになった。不思議なほどに悔しさはなく、「そりゃあ、義経と比べたら自分なんて」という諦めに近い納得感だけがあった。

その夜、沖に逃れた平家からの夜襲に備えて鎧はつけたまま、館のあちこちに盛んに篝火を焚いて、戦勝の祝宴が開かれた。五千の兵を率いて義経に同行していた土肥実平殿が、満足げに笑いながら戦を振り返った。

「いやはや、義経殿がいきなり本陣から姿を消したと聞いた時には、心底肝を冷やしましたわい。本当に、あんな無茶はもうこれっきりにしてほしいものですな」

「いちいち貴殿に伺いを立てていては、戦機を逃すと思ったのでな。私が内側から敵陣を切り崩したあと、すかさず土肥殿が呼応して一の谷口を破って合流してくれたので、本当に助かった」

義経の話では、鵯越を駆け下ったことで平家は総崩れになり、その後は楽勝だったということだったが、土肥殿の話によると、実際はかなりきわどい紙一重の勝利だったらしい。

それはそうだろう。たった三十騎で、一万騎以上はいるであろう一の谷口の敵陣の真っただ中に突っ込んでいったのだ。敵がひるんだのを見て土肥殿がすぐさま外から激しく打ちかかり、内と外で呼応して陣屋の門を打ち破ったので事なきを得たが、土肥殿の突入があと少し遅れて二人が合流できていなかったら、義経率いる三十騎は敵に押し包まれて圧殺されていてもおかしくない状況だった。

真面目な梶原殿は、その話を聞いて、口うるさく義経に釘を刺した。

「まこと、土肥殿の仰るとおりですぞ義経殿。貴殿は源氏の御曹司であり、誰もがその首を狙っておるのです。今回はたまたま全てがよい方向に転がったからよかったものの、あなた様が討たれたら、その瞬間に味方が総崩れになるということを、きちんとご自覚頂かねばなりませぬ」

そう言う梶原殿の顔は、顔を洗ってもなお、こびり付いた血と埃でわずかに汚れていた。自慢の顎鬚も汚れが落ちきらずゴワゴワしていて、頬には流れ矢が顔をかすめてできた赤い擦り傷が生々しく残っている。

彼はこの日、のちに「梶原の二度駆け」と讃えられた奮戦を見せた。そのおかげで生田口方面の私の軍はかろうじて潰走を逃れ、ギリギリのところで持ちこたえることができたといえる。

本来なら、間違いなく彼が今日の戦の勲功一番だったろう。しかし、まさかの奇襲と戦勝により、今日の手柄は義経一人と、彼に付き従う三十騎の腹心の者たちに全部持っていかれてしまった。

梶原殿の不機嫌そうな顔を見て、私は慌てて義経のことをとりなした。

「まあまあ梶原殿、戦は生き物じゃ。好機と見れば、身を捨ててでも斬り込んでいかねば勝ちを拾えない時もある。そこまで目くじらを立てずともよかろう。

生田口での梶原殿の働きは、実に目覚ましいものであった。勝利のきっかけは義経が呼び込んだが、それまで我が軍を支えて持ちこたえてくれた貴殿の働き、まこと類まれなるものとして、頼朝兄さまにも詳しく申し上げておく。それでよかろう」

梶原殿はまだ心の底では不満を抱いているようだが、私の言葉を聞いて少なくともこの場は引き下がってくれた。

——やれやれ、相変わらず戦以外の仕事ばかりだな、総大将などというものは。部下がへそを曲げないように。部下同士の仲が悪くならないように。そんなことばかり自分は考えている。私はうんざりと深い溜め息をついた。

六. 三日平氏の乱

一の谷の戦いに敗れた平家は讃岐国の屋島に逃れ、京には平和が戻った。源氏の追討軍は鎌倉に帰陣したが、義経は後白河法皇の強い意向により警備役として京に残る。だが、かりそめの平和は長続きせず、元暦《げんりゃく》元年（一一八四年）七月、伊勢国の平信兼《のぶかね》が反源氏の兵を挙げると、義経はその討伐に追われた。

木曽義仲と平家の軍を打ち破り、いちおうは凱旋ということになっている。だが、東海道を鎌倉に向かう私の心は重かった。すぐ後ろをゆく梶原景時殿もこの旅路の間、どこか不機嫌そうな表情をずっと崩していない。あまり後先を深く考えない、おおらかな土肥実平殿だけが陽気に、

「皆の衆、平家を打ち倒して鎌倉に帰るのに、そんな辛気臭い顔をしていては、せっかくの手柄も軽く見られてしまいますぞ」

と笑って皆を元気づけていた。

だが、誰もが口には出さないが、土肥殿に対しては心中秘かに「そりゃ貴殿は一の谷の戦では義経殿に同行されていましたから、手柄も十分に立てられてご満悦でしょうよ」というやっかみのような感情がある。土肥殿には何の落ち度もないが、彼の励ましはいま、誰の心にも届かない。

ずっと私についてきてくれた諸将は、木曽義仲との戦いでは瀬田に留め置かれ、美しい京の都をゆっくり見物することも叶わなかった。そして京を素通りして平家との戦いに駆り出された挙句、敵の主力と真正面からぶつかって死闘を繰り広げたというのに、結局は手柄を義経に全て持っていかれた形だ。

これでは、パッとしない総大将の私に対する文句もタラタラであろう。私は総大将として、その不満を甘んじて受け止めねばならない。

何ひとつ手柄らしい手柄を立てていない自分の不甲斐なさを少しでも挽回するべく、私は京を出発する前に、頼朝兄さまに詳細な報告を送っていた。

義経のめざましい活躍により、倍近い数の敵を相手に辛くも勝利を収めることができたこと。だが、それはあくまで薄氷を踏むような勝利であり、二度駆けの奮戦を見せた梶原景時殿をはじめ、諸将の命を賭けた奮闘なくして、今回の勝利はなしえなかったこと。それらを私はくどいくらいに詳しく書き連ねた。そこには「現場を知らないあなたの無謀な指示で、皆が死ぬような思いをしましたよ」という怨みがそれとなく込められている。

まあ、頼朝兄さまはそれに気づかないか、気づいても気づかぬふりをするのだろうとは思うが。

鎌倉に凱旋した我々は、翌日に頼朝兄さまの元に戦勝の報告に上がった。

戦勝報告が行われる大広間には、続々と御家人たちが集まりつつあった。私はすぐに周囲を見回して天野遠景殿の姿を探し、見つけると素早く駆け寄って声をかけた。まずは立ち話でもいいので、私は誰よりも先に天野殿に礼を言いたかった。

「天野殿、遠征中に温かいご助言の文を頂き、お気遣いまことに痛み入ります」

「おお、これはこれは範頼殿。此度の戦働き、総大将の重責を見事に果たされ、実に見事でござりましたぞ」

「いやいや、天野殿のご助言がなければ、いまごろ私は道を誤っておりました。

私ごとき者が龍のような大きな目を持っているとは、天野殿にはずいぶんと買いかぶって頂き、実にお恥ずかしい限りでしたが、おかげさまで自分が何をすべきか少しだけわかったような気がします」

「いえいえ。買いかぶりなどではございませぬぞ範頼殿。一見すると義経殿の手柄ばかりが目立ちますが、範頼殿がきちんと自分の為すべきことを果たされていたことは、この鎌倉でも皆様ちゃんと見ておられます」

「そんなまさか。それこそ天野殿の買いかぶりでしょう」


そのまま私と天野殿が遠征中の兵糧の工面の苦労話で盛り上がっていると、私に気づいた和田殿が雑談の輪に割り込んできた。和田殿は私に抱きつかんばかりの勢いで顔を寄せると、肩を無遠慮にばんばんと叩いてくる。

「いやあ、見事な大勝利、大勝利。蒲殿も総大将としての威厳を身につけられたようで、出発前とは何やら趣が変わったように見えますな」

「はは。私は何もやっておりませぬ。全ては義経のおかげです」

和田殿は私の言葉を単なる謙遜だと受け取ったようだが、実際まさにそのとおりではないか。私は義仲との戦いでは瀬田でじっとしていただけだし、一の谷では味方の劣勢を見て、撤退の指示を出すところだった。

「本来なら義経殿も鎌倉に戻って、頼朝様にご注進をすべきところじゃが」

「法皇様から直々に、京に残れというご意向があっては、義経も無下に断ることもできませせぬでしょう」

義経は後白河法皇に気に入られ、いまだ京の治安は安からぬからという理由で強引に京に留め置かれていた。

あとになって当時を振り返ってみると、この時にもし義経が鎌倉に戻り頼朝兄さまと互いの顔を見て話をしていたら、二人の心理的なすれ違いも修正されて、その後のあんな悲しい展開は防げたのかもしれないと思う。だが、この時の私はただ自分の保身のことだけが気がかりで、義経が京に残ったことに少しだけホッとしていたのは事実だ。

この場に大勝利の立役者である義経がいたら、私も、私の下についた梶原殿も、きっとその存在は霞のように希薄なものになっていたに違いなかった。私は別にそれでもかまわないが、何度も死にそうな目に遭いながら奮戦した梶原殿の扱いがそれでは、あまりにも不憫すぎる。

和田殿が周囲に聞こえないように低く抑えた声で、意地の悪い表情を浮かべながらぼそりとつぶやいた。

「まあ、義経殿が京に留まらざるを得なかった事情は、多少はわからんでもないですがな。でも、それではまるで義経殿は、法皇様の犬でござろう」

「え？」

「鎌倉では、皆がそう言っておりますぞ」

それはどういう意味です？　と和田殿に聞き返そうとしたら、頼朝兄さまの入場を知らせる声が聞こえたので、私は慌てて所定の位置について平伏した。

「範頼、後白河法皇さまを無事にお救い奉り、福原にたむろする平家の奴ばらを討ち果たして戻りました」

この戦で私はろくな武功を挙げていないので、またいつものように小言を言われて終わるのだろうと最初から諦めていた。頼朝兄さまが興味を持つのはいつも結果だけで、私が総大将として味わってきた苦労などひとつも関心がない。私は白けきった気持ちで、棒読みの帰陣の挨拶を述べた。

一段高いところに座った頼朝兄さまから、返答が降ってきた。相変わらずの冷たい声だ。

「うむ。ご苦労であった。此度の戦、総大将の範頼以下、皆が心をひとつにしてよくぞ大任を果たしてくれた。範頼には朝廷から官位を賜るよう働きかけ、皆の者にもその功に合わせて新たな所領を下げ渡すゆえ、侍所からの沙汰を待つように」

……あれ？

官位をもらえる？　私、何も手柄を立ててないのに？

墨俣川の戦いのあと、書面でこっぴどく叱られた記憶がまだ新しい。頼朝兄さまはあれできっと私に幻滅し、もう何も期待をしていないはずだと思っていた。今後屋島に逃げた平家を追討する時には、凡庸な私ではなく有能な義経が総大将に任じられるだろうと私は信じて疑っていなかった。

本音を言うと私としては、むしろそのほうが気楽だったりもする。もし自分が兄さまに干されても変にジタバタせず、あらぬ疑いをかけられる前にさっさと自分から出家を申し出るべきだろうな、などという人生設計まで私は想定していたのだ。それなのに、思いのほか優しい頼朝兄さまの口調に、私はひどく面食らった。

その日の夜、出陣の時と同じように、和田義盛殿、天野遠景殿、梶原景時殿、土肥実平殿の四人を囲んで祝勝会が開かれた。私は我慢できず、乾杯もそこそこに和田殿に尋ねた。

「頼朝兄さまは、此度の戦での私の働きのことを、いかがお考えなのですか」

和田殿は、質問の意図を摑みかねるといった様子で、きょとんとした顔で答えた。

「それはもう大変ご満足のご様子でしたぞ。何をご心配なされておるのか、蒲殿」

「いや、そもそも今回我々が平家に勝てたのは、全てが義経のめざましい働きによるものですから。たまたま勝ち戦だったので問題にはならなかったとはいえ、さぞ頼りない総大将であったと、頼朝兄さまは苦々しくお思いであろうと」

するとと和田殿は手を叩いて大笑いした。

「何じゃ、せっかく平家を討って帰ってきた総大将が、そんなことでお悩みとは情けない。ご安心めされよ。頼朝様は、蒲殿がこまめに戦の様子を文で報せてくることに、いたく感心しておられましたぞ」

「……はぁ？　報せ？」

「ええ。蒲殿は些細なことまできちんと包み隠さず書き送ってくるので安心できると、頼朝様が直々に拙者にそう仰っておりましたから、間違いありませぬ」

天野遠景殿がニコニコと微笑みながら言葉を継いだ。

「範頼殿。頼朝様には、あれをやった、これをやったとうるさいくらいにお報せしたほうが喜ばれると以前に申し上げましたでしょう。範頼殿がそのとおりまめに頼朝様にご注進をされているので、見ているこちらも安心でした」

自分が別に頑張ったつもりもないところを褒められたところで、何の嬉しさもない。逆に不安が募るばかりだ。私は和田殿に詰め寄った。

「いや……そんな些細なことより、肝心の私の采配について、何かお言葉などは？」

「采配？」

「義経と比べて冴えないとか、何をやってるのかわからないとか」

「いえ。特には何も。ただ木曽義仲との戦については、最後に身を隠して逃げた義仲を見逃さず、よくぞ確実に討ち取った、とひと言だけつぶやいておられましたな」

「お叱りはなかったのか？」

「ははは。ずいぶんと蒲殿は頼朝様を怖れておられるようじゃの。大丈夫でござる。頼朝様は蒲殿をとても高く評価しておられますぞ。むしろ――」

　そこで和田殿は、ずずっと頭を前に出し、声をひそめて言った。

「義経殿のほうが、ずっと心配でござる」

　意外だった。梶原殿も土肥殿も同じ感想を抱いたようで、「なぜじゃ？」と小声で尋ねて顔を寄せると、和田殿は意味深な笑顔を浮かべながら、ボソリと言った。

「義経殿は、蒲殿の真逆なのじゃ。あれではいかん」

　間髪を入れず、梶原殿と土肥殿が「おお……」と、驚きとも喜びともつかぬ嘆息を漏らした。

「戦勝しても、あっさりと『勝った』としか報せを寄越さない。配下の誰がどんな手柄を立てたのかもほとんど書き記さずに、ただ恩賞をこれだけ与えたいので許可してほしいとだけ頼んでくる。それで頼朝様はよく、『義経は何をやっているのか、いつもよくわからん』とぼやいておられますわ」

その状況は、なんとなくわかる気がした。

義経は紛れもない戦の天才だが、それはさながら、かくれんぼと鬼ごっこに天才的な才能を持つ少年が、そのまま大人になってしまったようなものなのだ。こっそりと身を隠して進み、敵の意表を突くのは舌を巻くほどに上手だが、義経は軍を率いるのが上手かというと、必ずしもそうとも言えない。

戦とはある面で、地味な事務作業の連続ともいえる。日々の兵糧を調達し、全軍に分配し、戦いの進捗を鎌倉に報告する。私は別にそういった作業が苦ではないが、義経は大の苦手だった。

義経は常々、鎌倉への説明が面倒くさいとぼやいていた。全部自分に任せてくれればいいのに、どうしていちいち上に報告なんてしなければならないのか。この無駄な作業に費やしている時間を、兵を集め平家を倒す策を練る時間に当てたほうがずっと源氏のためになるのに。延々とそんな文句を言っている義経を私は何度もたしなめたが、生来苦手なものが、そうそう簡単に矯正できるものでもない。

「それで頼朝様も、義経殿のたぐいまれなる軍才はお認めになりつつも、その功績はどには義経殿を高く買ってはおられないようなのです」

「そうなのか？」

喜びを隠しても勝手にあふれてしまうといった声で、梶原殿が尋ねた。

「ええ。梶原殿は逆に、木曽義仲殿との戦いのあと、義仲殿の討ち取られた場所、その時の様子、討ち取った名のある敵方の将と討ち取った者などをこと細かに書いて寄越されたでござろう。あれは実によかったですぞ。頼朝様はいたくご満悦のご様子でした」

それを聞いて、梶原殿は嬉しそうに大きく何度もうなずいた。

「さすがは我らが頼朝様じゃ。我ら御家人のことをよく見ておられる。一の谷の戦いでは、たしかに義経殿の不意打ちがきっかけで我々は勝ちを収めたが、たった三十騎で崖を駆け下りるなど、あまりにも無謀がすぎる。土肥殿が助けに入って、結果としては成功したからよかったものの、あれで義経様に何かあれば搦手軍はあっという間に瓦解しておったはずじゃ。あまりに軽率で、およそ大将のふるまいではない」

憤慨し膝を叩きながら熱弁する梶原殿を、まあまあと土肥実平殿がたしなめた。

「いやいや梶原殿。私も義経殿に付き従う副将でしたから、大将が勝手にフラッとどこかに行ってしまったことに腹が立たぬではありませぬが、その不意打ちをかける頃合いも、駆け下りる場所も実に完璧でござりましたし、精鋭の三十騎だからこそ上手くいったという面もござりましたぞ。あれをもし百騎や二百騎でやっていたら、崖を駆け下りるのにモタモタと時がかかってしまい、ちっとも不意打ちにならなかったはずです」

しかし、梶原殿は全く収まる気配はない。

「かといって、大将自らが本陣を離れて、進んで不意打ちの先頭に立つなど、軍の指揮を何と心得ておるのか。儂にはやはり解せませぬわい」

義経に手柄を総取りされた悔しさからか、その後も梶原殿は宴が終わるまで、ずっとグチグチと文句を垂れていた。

六月になって京の朝廷から、私を三河国（愛知県）の国司に任ずるとの知らせがやってきた。

蒲御厨の荘園の警備役にすぎなかった私が、三河国全部の統治者になった。信じられないほどの破格の出世だ。それと同時に、頼朝兄さまは坂東の国々を知行国として与えられ、これで名実ともに東国の覇者となった。逆に、あれほどの勲功を立てた義経にはいまだ何の沙汰もない。

私のほうが総大将で年上なのだから当然と言えば当然だが、これでは義経に近しい者たちは、あまりにも公平さを欠く仕置だと不満に思うかもしれない。

後白河法皇はこの月、安徳天皇を廃して、異母弟である四歳の尊成親王を即位させ、後鳥羽天皇とした。

三種の神器は平家が所持しているのに、それを無視したなりふりかまわぬ強引な即位である。平家方はそんなものを当然認めるわけがない。この国に二人の幼い天皇が並び立つという前代未聞の異常事態が生じ、これにより平家と朝廷の対立は決定的となった。

一の谷の戦いに敗れた平家は、いったんは屋島に引っ込んだが、力を蓄えて捲土重来を期している。平家をさっさと打ち破って三種の神器を奪還しなければ、法皇としてはせっかく自分に都合のよい後鳥羽天皇を即位させたのに、「神器なき即位」として正統性に疑問符が残り続けてしまう。そのために源氏の軍事力はどうしても必要だった。

頼朝兄さまも、ずいぶんと上手に後白河法皇を操っておられる――

兄さまは朝廷に対して常に低姿勢で、決して後白河法皇には逆らわない。法皇様から平家を討てと命じられれば、たとえ敵のほうがずっと大軍を擁していても「はい喜んで」と、私と義経をあっさりと勝ち目の薄い戦いにさし出した。

かといって、一見すると法皇様の言いなりになっているように見えて、気がつけば頼朝兄さまは事実上の東国の支配者であり、その力はほかに並ぶ者がないほどに強大なものになっている。

平家追討のための走狗としていいように使い倒され、敗れたら何の未練もなく無慈悲に切り捨てられた木曽義仲と比べれば、頼朝兄さまは朝廷に対してずっと慎重に、そして老獪に立ち回っていた。源氏の一員としては、これほど頼りになる棟梁もいない。

だけど私と義経はそのために、平家追討のための走狗として、いいように兄さまに使い倒されているんだよな――

源氏という氏族が安泰でも、私や義経という個人の身が安泰かどうかは別問題だ。もし私たちが平家に敗れたり、兄さまに対して不穏な動きを見せたりしたら、頼朝兄さまはあっさりと我々を切り捨てにかかるのではないか。

私の心の奥底には常にそういう恐れがわだかまっているのだが、そのあたりを義経はどう考えているのだろう。

……きっと、何も考えていないのだろうな、あの馬鹿は。

そもそも義経は、自分が平家に敗れるなんて露ほども思っていないだろうし、あいつは猟犬のような奴だから、目の前の獲物をどうやって仕留めるかということにしか興味がない。獲物を仕留めればご主人様は褒めてくれる。そして自分にも分け前をくれる。そういう単純な論理で義経は生きている。

まさかご主人様のほうが、獲物を仕留めた時にきちんと報告をしなかったなどという理由でへそを曲げているだなんて、あいつは考えもしていないだろう。

義仲が平家に敗れたことでいったん揺らぎかけた源氏の優勢は、我々が一の谷の戦いに勝利したことで再び保たれた。だが、状況は予断を許さない。

七月七日、伊賀国（三重県）の平家継《いえつぐ》が反源氏の兵を挙げ、伊勢国（三重県）の平信兼も呼応して反乱を起こした。

三種の神器なしで強引に即位させることにした、後鳥羽天皇の即位式が七月末に控えている。ごり押しの即位に後ろ暗いところがある法皇様は、式の前後にはできるだけ何も起こらず平穏無事に過ぎることを願っていただけに、この平家継と信兼の挙兵の報には大いに動揺したらしい。そして、即位式までに何とかして奴らを片付けてくれと、義経にすがりつくように助けを求めたという。

義経は即座に手勢を伊賀と伊勢に向かわせ、七月十九日には早くも平家継を討ち取り、平信兼の軍も完膚なきまでに撃破した。後白河法皇はひとまず胸をなで下ろしたが、平信兼は逃げのびて、源氏の支配をよく思わない周囲の勢力に向けて蜂起するよう盛んに呼びかけた。

すると、まるで山火事のように反乱はほうぼうに飛び火していった。

あちらの火を消したと思えばこちらから火が上がる。それを消してもまた別の場所が火を吹くといった調子で、さすがの義経もこれには手を焼いた。

屋島に引っ込んだ平家も当然、この状況を手をこまねいて見ているはずがない。新たに源氏の支配圏となった播磨、美作、備前、備中、備後国（兵庫県から岡山県にかけての地域）に対して、平家は屋島から盛んに軍船を出し、平家に近しい在地の勢力と連携しながら、土地を荒らすようになったのだった。

これらの国には、梶原景時殿や土肥実平殿といった、頼朝兄さまを支える歴戦の古強者たちが駐留し、源氏の支配を定着させるべく周辺の豪族たちに睨みを利かせている。だが、海上を我が物顔で行き来する平家の水軍に翻弄され、彼らは苦しい戦いを強いられていた。いかに弓馬の術に優れた東国の武者たちであっても、船を持たぬ我々は、神出鬼没の平家水軍に対してどうにも打つ手がないのだった。

そんなある日、八月の暑い最中、私は頼朝兄さまに呼び出された。

頼朝兄さまの館に行くと、和田義盛殿と天野遠景殿が横に控えていた。

呼び出された時点で薄々嫌な予感はしていたが、兄さまの信頼が厚いこの二人がいるということは、これは戦が始まるんだなとすぐにわかった。ただ、その戦の内容は、私が予想していたよりもずっと無茶なものだった。

「梶原景時と土肥実平が、苦戦しているのは聞いておろう」

「はい」

「お主はこれより、平家追討軍の大将として兵を率いて西国に向かい、梶原と土肥を助けるのじゃ」

「ははっ」

やはりそうきたか、と私は思った。そこまでは私にも想定内だ。だが、その指令には続きがあった。

「そして船で九国（九州）に渡り、大宰府に割拠して源氏に盾突く原田《はらだ》種直《たねなお》を討ち取れ」

「え……？」

「聞こえなかったのか？　九国じゃ。九国を討て」

「いや……それは……」

船で九国に渡るといっても、現時点で源氏が一艘の軍船も持っていないということを、よもや兄さまが知らぬわけはないだろう。

瀬戸内海は平家の海だ。四国の屋島と、周防国（山口県）の彦島に平家は水軍の一大拠点を築いて、行き来する船を厳重に監視している。そんな中を源氏の将兵を満載した船がのんびり漕ぎだしなどしたら、あっという間に平家の軍船に囲まれて、一艘残らず沈められるに決まっている。

「平家は福原を追われ、播磨から備後までの土地を失い、残す拠点は屋島と彦島のみじゃ。屋島と彦島の水軍はさすがに手ごわいのでにわかに手出しはできぬが、ここまで追いこめば、あとは放っておいても勝手に立ち枯れていくだけだと儂は思っておった。ところが平家の奴ばらは、みるみるうちに一の谷の戦いで受けた傷を癒し、息を吹き返しつつある。それはなぜか」

「なぜでしょう」

「九国に、いまだ平家に与する者たちが多数のさばっていて、屋島の平家に軍糧や金を送り込んでいるからじゃ」

「……そのとおりで、ござりますな」

九国の者たちが平家を支援しているから、平家は立ち枯れずに強さを取り戻している。だったら九国を討てばいいじゃないか——実に理にかなった頼朝兄さまの指示である。それがきわめて実現困難であるという点を除けば。

「しかし、我々に船はござりませぬ」

「豊後国（大分県）の緒方惟栄《おがたこれよし》は、儂が旗揚げしたばかりの頃から、九国にあってずっと源氏方について戦ってくれている。かの者ならば船も持っているはずだ」

「そんな無茶な。たしかに緒方殿は船をお持ちかもしれませぬが、我々は船上での戦いを知りませぬ。海の上で平家方に襲われたら、ひとたまりもありませぬ」

「そこを何とかするのが、お主の役目じゃ」

私が口ごたえをするたびに、みるみるうちに頼朝兄さまの顔が険しくなっていくのを見て恐れをなしたか、和田義盛殿が慌てて会話に割り込んできた。

「蒲殿。頼朝様の仰るとおりにござりますぞ。豊後の緒方殿のお力を借りれば、いかに平家の水軍が精強であろうと、よもや全く海を渡れぬということもありますまい。そこは我々も知恵を絞りますゆえ、ここは……」

その言葉に、私はカッとなって和田殿を一喝しそうになるのを必死でこらえた。

兄さまの顔色を窺って、言いなりになってるだけのお主は黙っとれ！

勝てない戦を無責任にホイホイ安請け合いするんじゃない！


本当はこんな無謀な戦など断ってしまいたかったが、ここで兄さまに逆らったら、どうせあとであれこれ理由をつけて殺されるだろう。戦って負けたら死ぬが、戦いを拒んでも私は反逆の罪で殺されるのだ。だとしたら、勝ち目は薄くとも戦いに出たほうがまだ生き残れる可能性は高い。

どちらに転んでも死と隣り合わせという究極の二択を瞬時に行った末に、私は渋々頭を下げた。

「かしこまりました。それではこの範頼、再び大将となって、ただちに九国に向かいます」

心にもないことを言ったが、その顔は自分でも隠しきれないほどに不満にあふれていた。

「あの、兄さま……」

「何だ」

「私が大将を務めるのであれば、せめて……以前のように義経を副将に」

「駄目だ。義経めは法皇様が手放さぬ。いまの法皇様は、まるで恋する乙女よ」

八月六日、義経が後白河法皇より左衛門尉《さえもんのじょう》[21]の位を与えられ、京の治安を守る検非違使[22]の職を与えられたとの報が伝わってきた。

義経のいままでの功績を考えたら、頼朝兄さまから任官の推薦がなかったことのほうがむしろ不思議なくらいだった。それに、平信兼らの反乱で恐慌状態に陥った法皇様が、義経を検非違使に任命して京を守らせて、とにかく一刻も早く安心したかったのだろうということは容易に想像がつく。

だが、その報を聞いた時の頼朝兄さまの苦々しい表情を見て、私は言いようのない不安を覚えた。

「義経が京の警備役でなければ不安でたまらぬと、院から内々に通達があった。反乱を起こした平信兼はたしかにまだ捕まっておらぬが、もはや、生きていたところで何もできぬであろうに。本当に、法皇様は何を恐れているのか」

兄さまがこぼしていたのは法皇様に対する愚痴だが、そこには、法皇様の指示に黙って言いなりになっている義経への不満も見て取れたからである。

義経はきちんと、この任官を事前に頼朝兄さまに相談していたのだろうか。

私の予想では、おそらく相談なんかひとつもしていない。

一の谷の勝利ですら、ろくに報告をしなかった義経だ。戦場において敵将の息づかいを感じ取る時にはあらゆることに神経が回るくせに、あいつは戦以外のことにはとんと興味がない。今回もきっと、「法皇様が官位をくれた」と無邪気に喜んで、結果だけを嬉々として兄さまに事後報告しているに違いない。

義経には、自分はあくまで頼朝兄さまの家臣であり、本来なら頼朝兄さまの許可なく動くことなど一切できない立場であるという自覚がないのだ。


兄さまの御前を下がったあと、天野遠景殿が苦笑交じりに声をかけてくれた。

「頼朝様を相手に、ずいぶんと粘られましたな」

同情にあふれた天野殿の表情を見るや、私は心の中で押し止めていた不満が止まらなくなってしまった。周囲を見回し、誰もいないことを確認したうえで、天野殿に思いの丈をぶちまけた。

「おわかり頂けるか天野殿。いや、実にかたじけない。

こたびの九国討伐は、さすがに無謀でござる。もともと勝てるはずのなかった一の谷の戦を、義経の活躍でなまじ勝ってしまったばかりに、頼朝兄さまはあまりに平家を見くびっておられるのだ。

我々がどれだけきわどい勝機を拾ってあの勝ちをもぎ取ったのか、実際に戦場を見ておられぬ兄さまは、何もわかってはおらんのです」

「そうでございますな。しかも一の谷までは陸の戦いでしたが、ここから先は海の戦い。梶原殿も土肥殿も、水軍にずいぶん手を焼いておられるようでござる」

「ええ。それに、飢饉の痛手は相変わらず癒えておりませぬ。以前に天野殿が、腹が減っては戦はできぬと仰っていたとおり、まさに、飯の切れ目が運の切れ目。兄さまはちゃんと兵糧のことまで考えて私に命令を下されておるのか、実に怪しく感じます」

「ははは。私は今まで兵糧のことで何度も苦心してきましたが、こたびは総大将にそのように仰って頂けるとは、何とも心強いことですな」

　そう言って屈託なく笑う天野殿の表情は頼もしかった。何とも気の進まない戦だったが、今回は天野殿が一緒であることだけが唯一の救いだ。


　この遠征に付き従うのは、和田義盛殿、天野遠景殿のほか、頼朝兄さまの義理の弟である北条義時《ほうじょうよしとき》殿や、歴戦の古強者である千葉常胤《ちばつねたね》殿、三浦義澄《みうらよしずみ》殿などである。

　一の谷の戦い以来、約半年ぶりに紺村濃の鎧直垂をまとい、胴と小具足をつけて栗毛の馬にまたがると、身が引き締まる思いがした。

「先の戦いでは、侍所の仕事がどうしても手放せず参陣できずじまいじゃったが、今度こそ我が強弓の威力を、平家の奴らに見せつけてやりますぞ」

　馬を寄せてきた和田殿がそう言ってガハハと笑う。真っ黒に焼けた顔から現れた白い歯がひときわまぶしく見えた。私は内心「おそらく、そんな簡単な戦にはならないはず」と思っていたが、どうせこの御仁に言っても無駄だろうと、口に出すことはしなかった。

京に着いても、今回も京の市中に我々は入らない。略奪や狼藉の発生を避け、京の人々と朝廷の公家たちを敵に回さないためには、そうするのが一番だからだ。

今回はあらかじめ、京は素通りしてすぐに西に向かうことを、頼朝兄さまからの指示という形で出発前に全軍に通達してもらった。前回は不満の矛先は全て私に向かったが、頼朝兄さまの指示であれば、さすがに表立って文句は出ないだろう。

「まったく、頼朝様も締まり屋ですなぁ。これでは皆の士気も上がりませぬ」

遠征を物見遊山か何かと勘違いしている節がある和田殿などは、東海道をゆく道中ずっとブツブツそんな文句を垂れていて、天野殿に何度もたしなめられていた。やっぱり自分ではなく頼朝兄さまから指示して頂く形にしておいて本当によかったと、私は心底ほっとした。

軍勢が京に着いたのは八月も末、暑さもおさまり秋の虫が鳴き始める頃だった。京の玄関口、山科にたどり着いたところで、山道を少し登った先に馬に乗った人影が見えた。

「兄上！　兄上ェ〜！」

　緑の直垂を着た先頭の一人が、子供のように元気いっぱいに、ぶんぶんと手を振っている。義経だった。野原ではしゃぎ回る子犬のようなその姿は、一の谷で倍近い数の平家の軍勢を打ち破った英雄にはとても見えない。

「お久しゅうございます兄上。大変お会いしとうございました」

　久しぶりに会った義経は眉に力がみなぎり、自信に満ちあふれ、小柄なその体が一回り大きくなったように見えた。


　その日、私は山科に陣を置き、義経と同宿した。兄弟でゆっくり話すのは、二月半ばに私が京を離れて鎌倉に帰った時以来だから半年ぶりになる。

「頼朝兄さまは、お元気でございましたか？」

　開口一番、屈託のない笑顔で義経がそんなことを言うので、私は閉口した。この弟は、頼朝兄さまと自分の間柄が徐々に微妙になってきていることに、全く気づいていないらしい。義経の頭の中の頼朝兄さまは、黄瀬川の陣で涙の対面を果たし、鎌倉で優しく自分の言葉を聞いてくれていた十か月前の姿のままなのだ。

「ああ。相変わらずだよ。一切の過ちを許さぬ厳しいお方じゃ。一緒にお話をしていると、恐ろしくて汗が出る」

「あはは。兄上は前からそうでございましたよね。頼朝兄さま、あんなにお優しい方なのに、どうしてそんなに恐れておられるのです」

「逆に、お主がどうして頼朝兄さまの前でそんなに平然としていられるのか、私にはそれがわからぬわ」

「？」

「いまや頼朝兄さまは、東国を治める武家の棟梁なのじゃ。昔の兄さまのように軽々しく接しては、ほかの者に対して示しがつかぬ。態度を改めよ義経」

「そんな……我々は血を分けた兄弟でござりましょう。なんとも水くさい」

あまりにも義経が能天気なので、思わず愚痴のような小言が出た。

「あのなぁ義経……。頼朝兄さまのことをそんなに大切に思うのなら、お前はもう少し兄さまに書状を送り、近況を報せなさい。兄さまはお主が何も言って寄越さないので、『義経が何を考えているのか、さっぱりわからぬ』とこぼしておられたぞ」

「え⁉　そうなのでございますか？」

義経はどうせ、賢明な頼朝兄さまなら、わざわざ言葉で言わなくとも自分の思いをきちんと察してくださるだろうなどと高をくくっているのだろう。義経はいつも以心伝心を期待しすぎていて、私なんかの目からすると危うく見える。

　たしかに以心伝心は美しい。だが、その美しい関係を保つためには、以心伝心とはほど遠い面倒なやり取りを、日頃から地道に積み重ねなければならないのだ。義経は、そういう日々の努力なしに、一度信頼関係ができてしまえばそれが永遠に続くものだと思い込んでいる。

「そうなのでございますか？　ではないぞ、義経。法皇様から検非違使の職を賜った時も、何か事前に兄さまに相談したのか？」

「いえ。だってある日いきなり御所から、私を検非違使に任じるとの報が来たものですから、相談も何も……」

　私はわざと深いため息をついて、芝居がかった仕草で頭を抱えた。

　事前の内示も何もなく、いきなり官位任官が降ってくるわけがない。きっと十何日も前から、法皇様のそば近くに侍る公家たちから義経に対して、それとなく話があったはずなのだ。おそらく義経はそれに気づかずに、全部聞き流してしまったのに違いない。

「あのなぁ……お主はもう少し、頼朝兄さまに気を使え。今からでもいいから、勝手に検非違使の職を受けてしまったことの事情を説明して、素直に謝るのだ。できれば鎌倉に帰って、直接兄さまの顔を見てこい。もう一年近くお会いしていないだろ」

「それは無理でございます兄上。京の周りには平家の残党どもが跋扈《ばっこ》していて、私が京を離れたとあれば、すかさず暴れまわるのが目に見えています」

「じゃあ、とにかく文を書け。お主がいま何をしているのか、まめにお報せるのだ」

「何を書けばいいのですか」

ああもう、この弟は！　教えなきゃならないのはそこからか！

「淡々と出来事を書くだけでよい。今日はこの地の誰を征伐した、今日は法皇様からこんなお話を伺った、と片っ端から出来事を書いて『これでよろしいですか？』と兄さまに逐一お伺いするだけだ。あれこれ工夫などせずともよいから、とにかくまめに事実だけを書いて送るのだ」

「そんな面倒なこと、意味ありますか？」

「馬鹿っ！」


一の谷の戦いのあとの沙汰で、私は何となく頼朝兄さまの性格を理解した。

あの兄さまは、細かいところまで自分の思いどおりになっていなければ気が済まないお方なのだ。事前の相談なしに自分の判断で勝手に動くと、たとえそれがどれだけ適切な判断であっても、目に見えてへそを曲げる。

逆に、まめに相談をして一から十までお伺いを立てながら進めると、ちゃんと自分の意を汲んで動いているのだなと認識して、私のような何の手柄も立てていない凡人でも覚えがめでたくなる。

かといって、それならば一から十まで頼朝兄さまの言いなりになっていればいいのかというと、それはそれで頼朝兄さまは「自分の頭で何も考えていない」と腹を立てるのだから、下に付いている者としてはやりにくくて仕方がない。兄さまは、自分の意見をちゃんと持ちながらも、最後はその意見を引っ込めて上司である自分の意見を立ててくれる部下が好きなのだ。

こんな面倒くさい棟梁のもとで、天衣無縫な天才・義経がこの先、無事に生きていくことなどできるのだろうか。私は暗澹たる気持ちになった。

せめて少しでも頼朝兄さまの覚えがめでたくなるよう、私は義経に入れ知恵した。

「あと、兄さまはこの前、お主にもそろそろ妻を娶らせてはどうかと話しておられたから、先回りして『私もそろそろ身を固めたいと思うので、良縁があればぜひお話を頂きたい』とお主のほうから文に書くんだ」

「今は戦の最中ゆえ、妻などいても、ただ煩いだけでございます。嫁取りは平家を倒してからではいけませぬか」

「たわけたことを申すでない！　義経、お主は戦以外のこともう少し考えよ。ここで兄さまの意向に沿った嫁をもらい受けておくことが、お主の将来にどれだけ役立つのかわからぬのか？」

「そんなものでしょうか？」

義経は、まったく腑に落ちていないといった顔で首をかしげたが、私は呑気な義経を強引にけしかけて言うとおりにさせた。これにより、義経はほどなくして河越重頼《かわごえしげより》の娘の郷御前《さとごぜん》を正室として迎え入れることになる。

「……ところで兄上」

「何だ？」

「近々のうちに法皇さまより、六位から従五位下に昇進を賜るという話を伺っておるのですが、これも兄さまにお報せしたほうがよろしいでしょうか？」

いきなり義経が、大した件ではないのだが念のため、といった口調でとんでもないことを言いだしたので、私は思わず声が裏返ってしまった。

「はあ⁉　初耳だぞそんな話！」

「昇殿も許して頂けるという話なのですが」

「何だと⁉　それはお主、れっきとした殿上人《てんじょうびと》(23)になるという話ではないか！　兄さまだって、つい三月に従五位下から正四位下に昇進されたばかりなのだぞ！」

「ええ。だから私も法皇様には、畏れ多いことですと言って再三再四、辞退を申し上げているのですが、法皇様にはどうしても聞き入れて頂けず……」

「……それ、頼朝兄さまに相談は？」

「別に、しておりませぬが？」

悪びれもせずそう言う義経の姿を見て、私はがっくりと肩を落とした。

何も連絡を寄越さない義経に対して、頼朝兄さまはいろいろと深読みをして疑っていたが、何のことはない。義経は何も考えていなかったのだ。

鼻っ柱が強くて単純な小童《こわっぱ》に、平家軍十万騎をたった三十騎で敗北に追い込む稀代の軍才が宿ってしまった。それがこの、源義経という私の弟なのだ。

「今すぐ兄さまにお報せしろ！　丁重なお詫びと一報が遅れた言い訳もつけてだ！」

その日の夜、私は義経が面倒くさそうに書いた書状を、徹底的に添削した。義経の報告はどの箇所も絶望的なまでに説明不足で、それをいちいち細かく直していたら、ほとんど私が全部書いたような書状になった。

これは、先が思いやられる——

私は、頼朝兄さまと義経という、才能にあふれ癖が強すぎる二人の兄弟の間に生まれついた自分の運命を、げっそりとした疲労感とともに呪った。

七．葦屋浦の戦い

平家の背後を支える西国の武士たちを征伐するため、範頼の軍は大宰府を目指すが、長く伸びた戦線を平家軍に脅かされ兵糧不足に苦しむ。範頼の苦境を救おうと、義経は摂津渡辺党、熊野、河野の水軍を味方に引き入れて屋島の平家を直接討とうとするが、義経の身を案じる後白河法皇はそれを許さない。

――こいつは、予想以上にひどいな。

播磨国で私を迎えてくれた梶原景時殿と土肥実平殿の顔を見て、私は即座に戦況を理解した。梶原殿はげっそりと痩せて目が落ちくぼみ、自慢の顎鬚もなんとなく艶がない。いつもならニコニコと温和な笑顔を絶やさない土肥殿が、苦虫を嚙み潰したような顔でむっつりと黙りこくっている。

「問題は水軍にござる、蒲殿」

「水軍というものが、これほどまでに厄介なものだとは」

沈痛な面持ちでそうつぶやく二人を前に、てらてらと油びかりする額をぐっと近づけて和田義盛殿が力強く言った。

「ははは。ご安心めされよご両人。蒲殿率いる我が軍三万騎が来たいま、平家の奴らなどひと息に蹴散らしてやりますわい」

しかし梶原殿も土肥殿も、和田殿の威勢のよい言葉に何も答えない。うんざりしたような顔で、ボソリとこう言った。

「こちらにいるのが一万騎だろうが三万騎だろうが、海の上にいては手は出せぬ。三万騎いるということは、三万騎を毎日食わさねばならぬということじゃぞ、和田殿」

「蒲殿、荷駄は常に軍の中央に置いて、決して目を離してはなりませぬ。我々からの忠告でござる。くれぐれもご用心めされよ」


京から西に延びる山陽道に沿って、播磨（兵庫県）、備前、備中、備後（岡山県）、安芸（広島県）、周防、長門（山口県）といった国々が、瀬戸内海に沿って数珠つなぎに並んでいる。一の谷の戦いのあと、播磨から備後までは源氏の勢力圏に組み込まれたが、私の役割はそこからさらに西にある安芸・周防・長門の三国を制圧し、さらに海を越えて九国に渡り、原田種直をはじめとする平家方の豪族たちを叩くことだ。

山陽道を西に向かって進む途中、街道から少し外れた村に、平家に与する豪族たちが兵を集めているとの情報があった。無視して素通りしても問題はないような数だが、通過したあとで背後でちょこまかと動かれても面倒だ。すかさず和田義盛殿が元気よく手を挙げた。

「これは、此度の平家討伐の緒戦でござる。とはいえ、わざわざ皆で相手するほどのこともない小勢ゆえ、蒲殿はそのまま総勢を率いて進んで頂き、ぜひ私めに討伐をお命じくだされ」

グイグイと押してくるその勢いを止めるのもよくないと思い、私は了解した。和田殿は喜び勇んで、別働隊を率いてその豪族の撃破に向かった。

二日後、和田殿が本隊に戻ってきた。梶原殿、土肥殿と私に向かって、虎のような頬髭を震わせながら生き生きとした顔で報告する。

「蒲殿、相手は五十騎ほどでしたが、難なく蹴散らしてやりましたわ。やはり西国の腑抜け武士どもなど、敵ではありませぬな」

すかさず、梶原殿が暗い顔で尋ねた。

「ところで和田殿。連れていかれた荷駄が見当たらぬのだが、いかがなされた？」

「荷駄？　ああ、そういえば敵軍に向かう途中、道を急ごうと足を速めた時に、荷駄が少し列から遅れた隙を衝かれて、隠れていた敵軍に奪われましてな。まったく、ろくに戦いもせず食い物だけを狙うとは、武士の風上にもおけぬ、こそ泥のような卑怯な奴らでござる」

その答えを聞くや、梶原殿は目に見えてうんざりした顔になった。

「ということは和田殿、貴殿は周辺の村から兵糧を集めてもおらぬわけですな」

「ははは。兵糧を集めるも何も、村人がきれいさっぱり逃げ去ってしまっていて、村には藁一本残っておりませんでしたわ。蹴散らした敵も貧相なもので、何ひとつ食い物なんて持っちゃいない。

そういうわけで、我々は昨日から何も食っておらぬのです。もう腹が減って目が回りそうゆえ、まずは今すぐ腹ごしらえをさせて頂きたい」

わははと豪快に笑う和田殿を見て、梶原殿がはぁーと深いため息をついて眉間を手で押さえた。

「……それが敵の狙いでござるよ、和田殿。貴殿はまんまと敵の思う壺にはまったということです」

梶原殿と土肥殿が説明するところによると、最近の平家との戦いはずっとこの調子なのだという。

平家軍は、源氏の軍が近づくとの報を受けると、周辺の村の人間を食糧ごと別の場所に避難させ、兵糧の現地調達ができないようにしてしまう。そのうえで、船を使って海岸からこっそりと源氏軍の背後に兵を送り込み、兵糧を運ぶ荷駄だけを狙って奇襲をかけるのだ。

三年前に起きた養和の大飢饉の爪痕はいまだ深く、食糧は慢性的に不足している。そんな状況下でこの戦法を執拗に繰り返されたことで、源氏方は戦いでは優勢を保っているのに、乏しい食糧がじわじわと失われ、真綿で首を絞めるように追い詰められていった。

山陽道は、その柔らかい脇腹を瀬戸内海にさらしている。

平家は瀬戸内海を自由に行き来し、源氏側の裏をかいて、思いもよらなかった場所に船でどんどん兵を送り込んでくる。誰の目もない海の上を自由に移動し、道のない場所にも簡単に回り込めてしまうので、その動きはまったく予想ができない。

勇猛な東国武士たちと戦って劣勢になったとしても、さっさと撤退して海岸で待っている船に乗り込んでしまえば、船を持たない源氏軍はもう追ってはこられない。いかに東国の武士たちが武芸に優れ精強であっても、これでは勝負にならず、最後は食糧不足に陥って撤退せざるを得ないのだった。

「これは、かなりまずいですな範頼殿」

　天野殿が深刻な顔で言うので、私もすかさず同意した。ただでさえ食糧不足であるところに三万騎もの大軍で遠征中の我々に対して、水軍を駆使した神出鬼没の食糧強奪を仕掛ける。実に理にかなった、敵ながら見事な作戦だ。

「食い物を狙うとは、何とも腑抜けた戦法よ。平家も堕ちたものじゃ」

　和田殿はそう言って平家のやり方を嗤ったが、呑気な彼もほどなくして、この戦術の恐ろしさを身をもって体験することになる。


　進んでも進んでも、行く先々の村には食糧がない。平家軍は、組み打ちして敵将の首を取ることよりも、兵糧を奪うか焼くかすることのほうを手柄と考えているらしく、ろくに戦いもしない。

　九月の頭に京を出発し、十月に安芸国の最前線にたどり着いた頃には、もう我が軍は兵糧の先行きが怪しくなっていた。これからやっと平家の支配圏に攻め込み、本格的な戦いが始まるというのに、私は天野殿と相談のうえ、早くも兵に配る食事の量を減らすことを決めた。天野殿の計算では、この先も途中で兵糧を奪われたり、進軍が予定より遅れたりする可能性を考慮すれば、ここまでしてもなお、兵糧の量はかなり心細いという。

「平家の奴らめ、卑怯な……それでも武士か」

「勝つためには、手段を選ばぬ。ある意味立派な武士《もののふ》ぶりではないか」

平家との戦いに慣れっこになった土肥殿が、愚痴る和田殿をそう言ってたしなめた。

普段は額が油びかりして精気に満ちあふれた和田殿の顔も、食事を通常の半分に減らされ、いまやすっかりしぼんで水気を失っている。

「儂は、戦で手柄を立てるために来たのじゃ。飯の手配ごときに汲々とするためではない……なぜじゃ。なぜこんな目に……」

和田殿はそう言って嘆くが、私にしてみれば大将の仕事など、しょせんは毎日の飯の手配と揉め事の処理に尽きる。和田殿の考える「戦」と私の考える「戦」は、だいぶ違うものであるらしい。

ごく稀に、弓を引き太刀を振るう華々しい「戦」で平家の軍を撃破はするものの、それ以外の日々は、荷駄に襲いかかる神出鬼没の敵をピリピリと警戒しながら、粗食に耐えてじりじりと西に進む地味な「戦」が続く。日を追うごとに将兵たちが目に見えて痩せていくのがわかり、これは長くはもたないなと思った。

そんなある日、鎌倉から書状がやってきた。

京にあって検非違使として治安維持に当たっている義経も、ほうぼうで散発する平家の反乱に手を焼いている。そちらに手を貸すため、我々と同行している梶原景時殿を京に戻して、義経の軍奉行としてつけろという頼朝兄さまからの指示であった。

「……何と？」

「え……？」

「それは……」

私も驚いたが、和田殿、土肥殿、天野殿、そして当の本人の梶原殿もぽかんと口を開けている。

「それは……大儀でござるな、梶原殿」

どう言えば当たり障りのない言葉になるのかわからず、かろうじて土肥殿が呻くようにそう言った。誰もが心の奥底では、

「この苦しい戦場を去って京に戻れるなんて、うらやましいぞ梶原殿！」

と叫びたい気持ちでいっぱいなのは互いによくわかっていた。だが、それを正直に口に出してしまっては角が立つ。

梶原殿も、京に戻れる喜びを必死で噛み殺してはいるものの、口角がどうしても上がってしまうのを止めきれていない。

「この梶原景時、九国までたどり着けぬうちにこの戦場を離れるのは大変心苦しくはありますが、頼朝様の御命令とあらば仕方ありませぬ。皆様のご武運をお祈りいたす」

何をしらじらしい、とその場の全員が思ったが、誰もが黙っていた。

最初に書状を読んだ時の衝撃が収まり、だんだんと考えがまとまってくるにつれ、頼朝兄さまの考えが透けて見えてきて、私はむかむかと腹が立ってきた。

私の軍をひっぺがして義経のほうに回すことについては異存はない。むしろ兵数は余分すぎるほどにある。現在の苦戦の原因は、兵数不足ではなく兵糧不足だ。

戦いの相手は平家に味方する無数の在地の豪族たちであり、ひとつひとつの敵軍は小さい。味方が三万騎もいたところで、逆に持て余すうえに貴重な兵糧を無駄に食いつぶすだけである。だから、今回梶原殿が自分の手勢を率いて軍を離れ、京にいる義経の加勢に向かってくれることは正直言ってかなりありがたかった。これだけで、私がずっと苦慮している兵糧の工面が格段に楽になるのだ。

私が腹を立てているのは、義経のもとに送るのが、なぜ和田殿や土肥殿ではなく梶原殿なのか、ということだ。

梶原殿は義経のことをよくは思っていない。責任感が強く、事前にきっちりと準備を整えて指示されたことを確実にこなす梶原殿と、事前に何の予定も立てず、その場の空気を見て天才的な直感で動く義経は、見るからに水と油だ。

これまでも梶原殿は、常識に囚われない義経の用兵を無責任だとばっさり斬り捨てていたし、礼節を重んじる彼は周囲に気配りのできない人間が嫌いだから、義経の性格の天真爛漫さも、単なる身勝手だと悪いふうに解釈している。一の谷の戦いを終え、鎌倉に帰った時に提出された梶原殿の報告書は、行間から義経への悪意が明らかに感じられるものだった。

そんな梶原殿を、なぜ頼朝兄さまは義経につけようとするのか。

自分の腕力を戦場で試してみたいだけの和田殿や、多少のわがままも受け止めてくれるおおらかな土肥殿が軍奉行であるほうが、義経の能力はずっと生きるはずなのだ。それがわからぬ頼朝兄さまでもあるまい。それでもなお、あえてこういう人事を行ったということは――

監視役。

要するに、梶原殿が義経の暴走を止めろ、というのが頼朝兄さまの真意だろう。

なぜ、自分なんかよりもずっと目覚ましい成果を上げてきた有能な義経が、ただ報告が少ないというだけのことで、こうも正当な評価を受けられないのか。

いや、逆だ。義経は目覚ましい成果を上げすぎてしまったのだ。

後白河法皇と兄さまの間柄は、表面的には友好関係ではあるものの、水面下では互いの腹の探り合いと牽制が繰り広げられている。そんな中、後白河法皇が義経を非常に高く評価してしまったせいで、頼朝兄さまは義経のことを素直に評価できなくなってしまっている。

高すぎる能力は、必ずしも本人を幸せにはしないのだな……。

そして凡人にすぎない私は、その義経のために何をしてやることもできない。

梶原殿が去ったあとも、苦しい西国遠征は続いた。

「食事を、一日一食に減らしましょう」

二人だけで打ち合わせている時に、苦りきった顔で天野殿がそう呻いた。現在、我が軍は一日二回の食事の量を普段の半分の量に減らしている。それでも足りないので、ついに一日一食だけにするというのである。

「それはさすがに……略奪が増えて、辺りの豪族の反感を買うぞ」

「背に腹は代えられませぬ。そうでもしなければ、あと数日で本当に一粒の米もなくなります。それに――」

天野殿が天を仰いで首を左右に振った。

「略奪しようにも、周囲の村には奪うものなんて一切ないじゃないですか」

それはたしかにそうだ。食糧を隠し持っているのではないかと、床板をはがし庭を掘り返してさんざん探し回っても、どの村も村人は逃げ出してしまっていて、食糧はひとつもない。置き去りにされた足の立たない老人などに刀を突きつけて問い詰めると、平家が先にやってきて食糧を全部持ち去ってしまったのだと、誰もが涙を流しながら答えた。

戦いでは、我々は決して平家に負けてはいない。

日々、手柄にもならないような無数の小競り合いが起こっているが、数に勝る源氏方は常に優勢だった。戦いらしい戦いは備中の藤戸でしか起こらなかったが、それも源氏方があっさり勝利している。まともに戦えば東国の武者はめっぽう強いのだ。それなのになかなか西方に駒を進められないのは、先に進めば進むほど飯が食えなくなるからだった。

「範頼殿、今日は鎌倉からは？」

「いや。何も返事は来ていない」

その会話が、最近の私と天野殿の日課になった。

天野殿の助言に従って、私は鎌倉に何度も何度も報告書を送り、不足している馬と兵糧を送ってくれとしつこく頼んでいる。二人ともその返事を心待ちにしているのだが、鎌倉からは一向に何の便りもない。

　このままでは、ずっと戦には勝ち続けているのに、一度も負けずして撤退するはめになるかもしれない。食わせることができなくなれば、どんなに勝っていようが軍は瓦解するのだ。


「来た！　来ましたぞ天野殿！」

「おおお！　ようやく鎌倉も我々の訴えを聞き入れてくれましたか！」

　私からの執拗な催促に対して、頼朝兄さまから返事が来たのは一月も末になった頃だった。我々が九月に京を発ってから、ろくに軍を進めることもできないまま早くも四か月以上が経とうとしていた。

　私は鎌倉から届いた文箱を開いた。これでやっと、空腹で下がりきってしまった士気も回復するだろう。とはいえ頼朝兄さまのことだ、届く馬の数と兵糧の量がわずかだったり、到着時期があまりに遅すぎたり、内容が期待外れである可能性も十分に考えられる。

　期待と不安で私の胸の鼓動は速まり、私の横に座っている天野殿も思わず体が前のめりになる。

「何と書いてありますか？」

「えーと……『九国の者がなぜ我々に従わないのかと、時には苛立つこともあるだろう。だが、構えて構えて、騒ぎ立てることなく、よくよく静かに沙汰すること。くれぐれも九国の者どもには憎まれないようにするように』……」

「はぁ？　九国？　それはいったい何のことでござるか？」

天野殿が、不思議そうな顔で私の顔をのぞき込んできた。私も書かれた文の意味がわからずに、しばらく呆然としてしまった。

そもそも我々はまだ、海を渡ることすらできず本州をウロウロしている。九国の者を従えるどころか、明日の飯の手配をどうするかで頭がいっぱいだ。

「頼朝様は、この文が届くころにはもう我々が九国にたどり着いているだろうと見越して、こう書いておられるのでしょうか……？」

「まあ、そうとしか読み取りようがないな」

この的外れな返事からいって頼朝兄さまは、私が苦しい戦況を切々と何度も訴えているのを、どうせ大げさに書いているのだろうと聞き流しているようだ。

「頼んでいた馬と兵糧のことは、何か書いてありませぬか？」

「えーと、馬についてはここに書いてあるな。『馬のことは誠にそのとおりではあるが、平家は常に京城をうかがっており、もし、道中で押取などされてしまったら聞くにも見苦しいことであるため、遣わさぬなり』……はぁ⁉︎」

「えぇぇ……？」

運んでいる途中で平家に奪われたら恥だから、馬は送らない。

戦いには馬が必要であるという厳然たる事実よりも、平家に奪われたら恥だという見栄のほうを優先するとは、いくら何でもあんまりではないか。

ひどすぎる兄さまの言い分に、天野殿も私も、しばらく頭が真っ白になってしまった。

「兵糧についての記載は、いかがでございますか？」

「ひと言もないですな。……いや。最後にちょっとだけ書かれている」

「どのような内容でしょうか」

「読みます？」

何だかもう、自分の口で内容を伝えるのが嫌になってしまって、私は天野殿に頼朝兄さまからの書状を手渡した。素早く目を通す天野殿の顔が、みるみるうちに曇っていく。

「『また、道々の間で軍糧などがなくなったと京で方々に訴えたところで、これほどの大軍勢の軍糧が手に入るとはとても思えないので、手に入らないのは仕方のないことだと思う』——どういうことですか、これは！」

「京で兵糧が手に入らなくとも、我慢しろということでしょうな。かといって、鎌倉から兵糧を送るとも送らぬとも書いておらぬ。まあ馬は送らぬと言っておるのだ。どうせ兵糧も同じということなのだろう」

「これは、あまりにもひどい……」

状況を改善させる最後の望みが絶たれ、天野殿と私はがっくりと肩を落として、しばらく何も言えなかった。


一の谷の戦いの前後から薄々感じていた思いが、いまはっきりとした確信に変わった。頼朝兄さまは戦が下手だ。百歩譲ってそうではないとしても、少なくとも、自ら戦場に立つことがなくなって四年以上が経ち、その感覚は錆びついている。

頼朝兄さまの幸運は、たまたま弟の義経が稀代の軍事的天才だったことだ。一の谷の戦いなど、本来なら無謀で、とても勝てる戦ではなかった。それを義経が鵯越の奇襲であっさり勝ちに変えてしまった。

そのせいで頼朝兄さまは、戦とはこんなに簡単なものかと勘違いしてしまったふしがある。それで私に、こんな無茶な遠征を平気で命じ、勝って当然だという態の文を送りつけてくるのだ。

「何だか、九国に渡ったあとの注意ばかり、書いておられますな」

「要するに、兄さまの関心はそれしかないということじゃ」

文に書いてあるのは、屋島にいらっしゃる安徳天皇や二位尼様に対して、多少でも過ちや失礼なことのないように丁重にお迎えしろとか、乱暴な素振りを見せたらご自害されてしまうから注意しろとか、そういう話ばかりだ。はなから源氏が勝つ前提で、戦の締めくくり方に関する注意事項ばかり口うるさく言ってきている。

敵は弱くなったといっても追い詰めすぎるのはよくない、くれぐれも侮ってはいけない、九国の者たちに屋島を急いで攻めさせたりしないように――兄さまはもう、九国をすっかり斬り従えたつもりだ。


「これ……どうします？」

「……どうしましょうかね？」


これまでの私の報告を、ことごとく頼朝兄さまが聞き流していることは悲しいほどにわかった。もはや兄さまは、戦いそのものには興味を失っていて、安徳天皇の身柄とか三種の神器とか、後白河法皇との駆け引きにおいて重要なものにしか目が行っていない。この先、鎌倉からの支援はほぼ期待できないと見ていいだろう。

私としてはもう、さっさと負けて鎌倉に逃げ帰り「私では勝てませんでした、お兄さまぜひご自分でどうぞ」と言ってやりたいのが本音だったが、こんな状況でも懸命に局面を打開しようと粘り強く対策を考えてくれている天野殿の姿を見ていると、総大将の私が弱気なことを言うのはどうにも憚られた。

「兄さまは、豊後国（大分県）の緒方惟栄殿を頼って船を出してもらえば簡単なことだと書いておられるが、そうもいかんでしょう」

「ええ。もし海上で平家の軍船に見つかったら、我々では手も足も出ず、全部沈められるでしょうな」

「やはり赤間関《あかまがせき》まで進んで、壇之浦（関門海峡）の、海が一番狭くなったあたりを渡るのが一番の上策か……」

いま我々がいる安芸国から豊後国まで船で渡ろうとすれば、風にもよるが三日以上の船旅になる。だが、長門国の赤間関まで進めば、海峡のすぐ向こうが九国だ。海峡の幅は一番狭いところで五町（約五百五十メートル）ほどしかないらしい。

赤間関のすぐそばには、平知盛が守る平家の水軍の拠点・彦島がある。当然ながら平家も警戒は怠らないだろうが、しょせんは対岸の建物の姿も見えるような狭い海を渡るだけのことだ。それならば、川を船で渡るのと大差ない。

正直、慣れぬ船に三日以上も揺られて豊後国に渡るよりは、向こう岸が見えるような海峡を敵前で強引に突破するほうがよほど気が楽だということで、我々は一路、乏しい兵糧をやりくりしながら赤間関を目指した。

小競り合いを重ねて、じわじわと西に軍を進めていく。赤間関まであと二日というところで兵糧が完全に尽きたが、ここまで来たら勢いで最後まで行くしかないと、ぎりぎりの賭けに出て、引き返さずに前進を続けた。


そして我が軍はついに、本州の西の端、赤間関までたどり着いた。

四か月半にもわたる、長くつらい戦いだった。出発したのは秋だったが、すでに季節は冬を過ぎ、春が訪れようとしていた。

壇之浦の海峡の向こうに、はっきりと九国が見える。さあ海を渡るぞと、私は周辺の漁村から船をかき集めることを命じたが、探索に出た者たちは、しばらくすると困惑した表情で戻ってきた。

「船という船が彦島にいる平家に徴発されており、一艘もありませぬ！」

「何だと⁉」

次々とやってくる報告を前に私が途方に暮れていると、海のほうから地鳴りのような音が響いてきた。

「平家方の軍船が、あっという間に壇之浦を埋め尽くしております！」

慌てて岸辺に行って海のほうを眺めると、壇之浦の狭い海域を無数の平家の軍船が所狭しと埋め尽くしていた。海峡に数多くの赤旗が鮮やかに翻る姿は、まるで曼珠沙華の群生のようだ。軍船に乗り込んだ平家の武者たちは、一斉にドンドンと船端を叩いて気勢を上げた。先ほどから響いていた地鳴りのような音の正体はこれだった。

「これは……渡れるわけがない」

私は、自分の考えが甘かったことを痛感した。

いかに平家の水軍が精強であろうと、大きな川に毛が生えたほどの幅の海峡を渡るだけのことではないかと思っていたが、ここまで十重二十重に軍船が海峡をふさいでいては、あっという間に全部沈められて終わりだ。取り回しに優れた専用の軍船を多数用意し、きちんと訓練された練達の水軍を率いて真っ向勝負を挑んで勝たない限り、この狭い海は渡れない。

すぐ目の前に見える九国が、うんざりするほどに遠かった。

眼前に広がる平家の水軍の威容を目の当たりにして、九国に渡ればきっと飯が食えると信じて耐えてきた全軍の心が、完全に折れてしまった。

和田義盛殿などは空腹の苛立ちからとうとう泣き出して、

「腹が減ったのじゃ！　もう帰る！　蒲殿が帰らぬと言うのなら儂一人でも帰る！」

と勝手に陣を引き払い始める始末だ。九国を目の前にして引き返すのは惜しかったが、もはや将兵の我慢は限界をとうに超えている。かくなる上は、京まで撤退するしかなかった。

我々はとぼとぼと山陽道を引き返していったが、周防国の東のはずれまでたどり着いたところで、向こうから源氏の白旗を掲げた一軍が向かってきた。

鎌倉から援軍が来るはずもないので不審に思っていると、その軍勢の先頭に立っていたのは、義経の軍奉行につくために京に戻ったはずの梶原景時殿だった。

「おお。皆の衆、ずいぶんとやつれておられますな！」

「梶原殿⁉　なぜ貴殿がこんなところに？　京の戦のほうは大丈夫なのでござるか？」

「ははは。蒲殿が兵糧不足で苦しんでおられると聞いた、義経殿のはからいじゃ。京からありったけの兵糧を集めて、ここまで運んで来ましたぞ！」

わざと周囲にも聞こえるように、大声でそう呼びかけた梶原殿の言葉を聞いて、全軍がわっと悲鳴にも近いような歓声を上げる。

「何と！」

「京も飢えているゆえ、万全とまではいえぬ量しか用意できなかったが、せめて今日ばかりは皆、飽きるほどに食するがよかろう！」

「梶原殿ォ……」

つやつやとした顔の梶原殿が馬を降りると、カサカサと干からびた顔の和田殿も転げるように馬を降りて、抱きつかんばかりの勢いで梶原殿に駆け寄った。

私も梶原殿に歩み寄り、心から礼を言った。

「いや、礼を言うならば義経殿でござりましょう。蒲殿が苦戦されていることに義経殿はいたく心を痛めていて、蒲殿の九国攻めを側面から助けるため、何とかして屋島を討つことができないものかと、あれこれ画策されております」

「屋島を討つ？　我々にはろくな水軍もないのに無謀な。そもそも、屋島の平家水軍とまともに戦って勝てるはずがないから、仕方なく私が九国まで遠征して、平家を支える枝葉を刈って力を枯らしていこうという作戦だったではないですか」

「ええ。ですが、義経様はすでに熊野水軍の別当湛増《たんぞう》、伊予水軍の河野通信《こうのみちのぶ》、摂津の渡辺党に秘かに声をかけ、味方に引き入れました。さっそく河野通信殿は、伊予から盛んに船を出して、瀬戸内をゆく平家の船を荒らし始めておりますぞ」

「何と？　渡辺党はわからぬではないですが、熊野の別当湛増などはもともと平家方だったはず。信じられぬ……」

私は、水軍での戦いに向けて着々と準備を進めていた義経の用意周到さに舌を巻いた。しかも、熊野の別当湛増はかなりの難物で、そうそう簡単に人に心を許すような人間ではないとの噂だ。そんな者ですらあっさり味方に引き入れてしまうとは、やはり戦の天才・源義経の言葉には、どこか人並み外れた力があるのだろうか。

戦のことに関しては、やはりこの弟にはどうやっても敵わない――

「義経殿はこの水軍を使って、何とかして屋島の平家を打ち破りたいと考えておるようです。ですが法皇様が、どうしても義経殿の出陣をお許しになられません」

「それはそうでしょうな。伊予、熊野、摂津の水軍を足してもなお、水戦で平家に太刀打ちできるとは思えぬ。あまりにも短慮がすぎる」

私がそう言うと、梶原殿は我が意を得たりとばかりに声を弾ませた。

「まさに蒲殿の仰るとおりでござる。法皇様も義経殿の身を案じて、検非違使が不在では京の治安が保てないと仰って、口を酸っぱくして出陣を押し止めてくださっているのですが……」

「義経は聞かぬのか」

「ええ。自分なら勝てる、自分なら平家の裏をかいて屋島を討てる、の一点張りで、義経殿の考えのなさと我の強さには、まったく困ったものでござる」

やはり、石橋を叩いて渡る梶原殿と、勝てると見たら果敢に大博打を打ちにいく義経は、根本的に考えが合わない。まして、頼朝兄さまが梶原殿を義経につけた真の目的は義経の監視なのだ。

梶原殿の言葉の端々から、二人の軋轢がかなり高まっていることがよくわかった。私は大きな胸騒ぎを覚えながら、京に帰ってゆく梶原殿の背中を見送った。

その後、周防国の豪族、宇佐那木遠隆《うさなぎとおたか》殿からも兵糧米が献上され、我が軍はようやくひと息つくことができた。私はその地に腰を据えて、改めて海を越えて九国に渡る算段をつけることとした。

赤間関から壇之浦の海峡を越えることは無理だとわかった。となると残された方法は、豊後国の緒方惟栄殿の力を借りて、遠く豊後国まで長い船旅で向かうしかない。大宰府に本拠を構える平家方の原田種直に圧迫され続けている緒方殿は、我々の遠征を歓迎し、危険を顧みずに八十二艘もの船を送ってくれた。

ここから豊後国の臼杵港まで、三日と少しの船旅である。

三万騎もの我が軍を乗せるための船は、荷運びに使う鈍重な大船であり、戦いのために作られた頑丈な軍船ではない。戦に巻き込まれたら、すぐに船腹に穴が開いて沈んでしまうだろう。護衛のための軍船も何艘か同行してくれるが、平家の軍船に見つかったらとても守り切れそうにない。平家軍に見つからずに無事に豊後国までたどり着けるか、これは大きな賭けだった。

我々は船に分乗して海に漕ぎ出したが、小さな川船しか知らないほとんどの東国武士たちにとって、これほどの大きな船など、見るのも乗るのも初めてだ。

しかも、平知盛が水軍の拠点を構える彦島を避け、はるか南の豊後国に直接向かうため、波の高い沖合をゆく船旅となる。普通の船旅ならば夜は近くの港に寄って陸で泊まるものだが、今回は一度出発したが最後、豊後国に着くまで船を降りることはできない。

波濤を蹴立てて進む船は、容赦なく揺れてわが軍の武士たちを大いに悩ませた。船酔いでほとんどの者たちが物も食えず、船内でぐったりと屍のように寝転んでいた。

途中、原田種直の軍船に発見されて戦闘になったが、我が軍の者たちは船酔いで立ち上がることもできない。かろうじて我慢して戦に参加した者たちも、揺れる船内ではしっかり足を踏みしめることができず、弓を引いたところで、敵の船に当てることは至難の業だった。

緒方殿の手勢が乗り込んだ護衛の軍船の奮戦により、何とか原田種直の軍船を撃退したが、我々の船も二艘が沈められた。その船に乗っていた武士たちは、長年鍛え上げた武勇を何ひとつ発揮することもなく、無駄に鮫の餌となって消えた。

そして船旅三日。

終わらない船酔いと敵船への恐怖に耐えながらの、長い旅路だった。

我が軍はようやく、ほうほうの態で九国にたどり着いた。誰もが真っ青な顔で船を降り、岸に降り立つや否や地面にぐったりと倒れ込んで、動かない陸地のありがたみを噛みしめていた。九国に行けという頼朝兄さまの無謀な指令を、ずいぶんと苦労はしたが我々はたしかにやり遂げたのだ。

「よくぞ、よくぞこの地までお越しくださりました！」

危険を顧みずに船を出して、ここまで我々を運んできてくれた緒方惟栄殿が、わざわざ港まで我々を迎えに来てくれた。

彼は、平家に味方する者ばかりの九国の地で、ただ一人源氏に与して戦い続けてくれた貴重な味方である。はるばる鎌倉から源氏の本隊が自分を助けに来てくれたことに、緒方殿は涙を流しながら感激していた。

世は食糧不足だというのに、緒方殿はその日の晩に精いっぱいの歓迎の宴を張ってくれて、我が軍は腹いっぱいに飯を食わせてもらった。酒も浴びるように飲んだ。船旅の間、ほとんど何も食えず餓鬼のように干からびていた兵士たちが、見違えるように生気を取り戻し始めた。

そして、ひとたび陸に上がってしまえばこっちのものだ。

腹いっぱいに飯を食った東国の武士たちは、陸での戦いではめっぽう強かった。

我々は大宰府を目指して一気に北上。筑前国（福岡県）の葦屋浦《あしやうら》で原田種直の軍を捕捉すると、大岩で卵を叩き潰すかのように軽々と打ち破ったのである。

その様子を見た九国の武士たちは源氏軍の勢いに恐れをなし、一斉に使者を送ってきて恭順を誓った。この服従をどこまで信用できるかはわからないが、とりあえずこれで、九国から屋島と彦島の平家に送られていた貢納は止まる。

九国の武士たちからの年貢は平家にとって最大の収入源であったから、これは彼らにしてみれば相当の痛手であることは間違いない。逆に、九国から上がってくる年貢を押さえた我々は一段と肥え太っていく。その差は年々じわじわと広がっていき、ここから先はもう、黙っていても平家は勝手に立ち枯れていくはずだ。

長く苦しい戦いの末に、ようやくもぎ取った勝利に沸く我が陣内で、天野殿は何かを案じているような浮かない顔をして、私に尋ねてきた。

「このままの勢いで、彦島の平家を討ちに行かれますか？」

九国の武士たちは自前の軍船を多少は持っている。それらをかき集めてぶつければ、あるいは平家の水軍を相手に少しは戦えるかもしれないと天野殿は言うのだ。

だが、私は赤間関で見た平家の水軍の威容を思い出していた。

あっという間に壇之浦の海峡を埋め尽くした、平家の軍船たちの訓練された機敏な動き。無数の船が一斉にドドドと船端を叩いて威勢を上げた時の、来るなら来いという強気の態度。そこからは、海上の戦ならば決して負けないという平家の絶対の自信が見て取れた。

「いや。やめておこう。軍船だけを借りたところで、船の上ではどうせ我々は役に立たぬ。九国の者たちならば水戦には慣れていようが、彼らはつい数日前まで平家方についていたのだ。平家に顔見知りも多くいるだろうし、戦うのもつらかろう。無理に駆り立てて平家と戦わせても意気は揚がらぬだろうし、無駄死にさせて怨みを買うだけじゃ」

私がそう言うと、天野殿は少しだけ不安そうな表情を見せた。私は天野殿の気遣いをありがたく思い、ことさら明るい声で言った。

「頼朝兄さまのことなら、案ぜずともよかろう。いままで自分の思いどおりに戦が進まなかったので、兄さまも苛立っていろいろと馬鹿げたことを言って寄越してきただけだ。

だが、我々はこうして兄さまの言いつけどおりに九国に渡り、ちゃんとこの地を斬り従えたではないか。何ひとつ文句を言われる筋合いなどないわ」

このところ、頼朝兄さまからは次々と的外れな指示が飛んできている。天野殿はそれを案じているのだ。

船がなくて九国に渡れませんと私が書いて送ると、九国に渡れないのなら四国に渡って屋島を衝けなどと、より無茶なことを言ってきたり、義経が味方に引き込んだ熊野の別当湛増にも九国を討てと指示を出してみたりと支離滅裂だ。

そもそも最初に、四国方面は義経、九国方面は私が対応しろと担当を分けたのは頼朝兄さまなのだ。それなのに、最初の大方針を覆して義経の麾下にいる別当湛増にも九国討伐を命じられてしまったら、現場にいる人間としては大混乱せざるをえない。

そして、混乱よりもそれ以前の問題として無性に腹が立つ。

要するに、兄さまは私の手腕を信用していないのだ。

私がいつまでも九国を攻略できずモタモタとしていることに業を煮やして、それで兄さまはこういう場当たり的な指示を乱発しているということだ。これではまるで、癇癪を起こして玩具に当たり散らしている三歳の童子と変わらない。

天野殿はそんな頼朝兄さまを怖れて、九国平定だけで終わらせず、さらに彦島の平家水軍も討って兄さまのご機嫌を取ってはどうかと気を揉んでいるのである。

「頼朝兄さまの無理難題にこれ以上付き合っていては、配下の皆も疲れきってしまう。もう十分じゃろう。時はかかったが、我々は兄さまの命にちゃんと応えて九国を制覇した。もうこれ以上、何を望むというのだ。

兄さまは義経の活躍に慣れてしまって、あれが当たり前で誰でも同じことができると思っておられる。我々がこれだけ苦労して九国を斬り従えたというのに、義経ならばもっと早く済んでいたはずだとでも思っているのだろう。

もし私が彦島を討ったところで、どうせ次は屋島の平家を討てなどと、新しい無理難題を押しつけてくるだけじゃ。真面目に取り合うだけ無駄よ」

天野殿は何も答えない。

だが、この苦しい戦の間ずっと彼と苦楽をともにしてきた私には、彼も本音では私と同じ思いであることが言わずともわかった。

「それよりも天野殿、我々はこの九国の武士たちを、きちんと源氏のもとに組み込むことを考えるべきじゃ。正直言ってこれは、平家を倒すことよりもよほど難事よ。東国の武士たちが平家を憎むのと同じくらい、西国の武士たちは源氏を憎んでおるからな。長年染みついたこの遺恨を洗い流し、九国の者たちを心から源氏になびかせるのは容易ではないぞ」

私がそう言うと、天野殿も自分の進むべき新たな道を確信したらしく、パッと目に力が戻り、声に迷いが消えた。

「ははっ！　たしかに範頼殿の仰るとおりでございますな！　時間がかかる苦しい取り組みではございますが、それこそが真に源氏のためになること」

「ああ。我々が九国を押さえたことで、もう戦は終わったようなものじゃ。無理して屋島と彦島の水軍を叩かなくとも、このまま何年か様子を見てじわじわと首を絞めるように追い詰めていけば、戦わずして平家は我らの軍門に降ると私は見ている。

ここで無理に戦って平家を追い詰めてしまえば、安徳天皇の身柄も三種の神器もどうなるかわからぬ。あれだけ安徳天皇と神器の安全について気を揉んでいたのじゃ。兄さまも、まさかそれがわからぬということもあるまい」

「そうですな。ここから先は戦ではなく、政《まつりごと》で決着をつけるべき話でしょう」


そう。もはや局面は、交渉で終結を目指す段階に移っている。

弱りきってもはや勝ち目のなくなった平家に近づき、協議して和議を結ぶ。いまの平家の棟梁である平宗盛は臆病者だから、一族の命を助け、どこかの地にわずかな捨て扶持を与えるという条件をつけて安徳天皇と三種の神器を引き渡すことを要求すれば、きっと食いついてくるはずだ。頼朝兄さまは戦下手かもしれないが、こういう政略になれば無類の才能を発揮する。きっと上手にやることだろう。

だが、私と天野殿がそんな話をして九国の戦後処理に向けて動き始めた矢先、衝撃的な知らせが届いた。

二月十九日、義経が突如海を渡って四国に上陸し、屋島を奇襲して平家を海上に追い払ったのである。

八．屋島の戦い

なかなか九州に渡れず苦戦する範頼を援護すべく、義経は立ち上がった。後白河法皇の制止を振り切り、わずか百五十騎の兵を率いて暴風雨の中、船を出して秘かに海を渡った義経は、平家の最大の拠点である屋島を急襲する。不意を衝かれた平家は屋島を放棄し、ついに崖っぷちに追い詰められた。

はあ？　嘘だろ。

何だよそれ。ありえない。

義経が屋島を攻め落としたと聞いた時、最初に出た感想はそれだった。

普通に考えて、屋島が落ちるわけがない。平家にとって屋島は、源氏に対抗するためには絶対に落とせない最重要拠点であり、それだけに、強力無比な水軍の大部分をこの島に配置して、鉄壁の守りを固めていたのだ。

屋島は、瀬戸内海に突き出た讃岐国の先端に位置する島で、島全体が巨大な屋根のような高台になっていることからその名がついた。島といっても讃岐国とはほぼ陸続きで、引き潮の時は干潟が現れて、歩いて渡ることができる。

讃岐国と備前国に挟まれたこの辺りの海域は、本州と四国がもっとも近づき、瀬戸内海が一番狭まっている箇所だ。そのため、この周辺を押さえておけば、西国と京の間の船の往来を扼することができる。屋島はこの海域の突端にあって、行き交う船の航路の目印とされてきただけでなく、島の高台から見下ろせば、付近の海域を遠くまで見渡すことができた。

平家はこの屋島を拠点に、東西を行き来する船を監視していた。そして、西国から京の後鳥羽天皇に向けて年貢を運ぶ途中の船を見つけると強制的に停船させ、その年貢は「三種の神器を持つ正統な天皇」である安徳天皇に納めるのが当然であろうと言って自分の懐に納めてしまう。

言うなればこの島は海の関所であり、平家にとっては、ここで得られる莫大な収入が、源氏と対等に戦うためには絶対に失うことのできない生命線なのであった。

「暴風雨の中、たった百五十騎で屋島を衝いたですと……？」

義経が屋島を落としたとの報を受け、一同で集まって状況を整理しているところに一日遅れで第二報が届いた。その内容を聞いて、和田義盛殿が悔しそうに歯噛みした。

和田殿をはじめとする私の麾下の諸将は、九国を征服するべく半年近くも泥臭い戦いを続けた末に、立てた手柄といえば葦屋浦の戦いで原田種直の軍を打ち負かしたことくらいだ。それなのに義経は、そんな我々を横目に、鉄壁を誇る平家の本拠地を軽々と落としてしまった。和田殿の本音としては、こんなことなら私のような凡庸な将ではなく、義経の下について自分も大手柄を立てたかった、といったところだろう。

「それにしても考えましたな、義経殿も。渡邊津から淡路島の南を進んで、阿波勝浦から陸に上がるとは」

天野遠景殿が、圧倒されたようにため息をついた。私も同感だ。

「普通、屋島を討つのなら一番近い播磨の大輪田泊か、備前の水島から船を出すと考えるのが当然じゃ。その考えにこだわらぬところが、義経の非凡なところじゃな」

屋島を落とすために瀬戸内海を渡って真正面から攻め寄せたら、いかに摂津渡辺党や熊野の別当湛増の水軍が精強だろうと、かなりの犠牲は避けられない。勝てる見込みは、甘く見積もっても二割かそこらだろう。

だが義経は、屋島は島といっても干潮の時は対岸から歩いて渡れるわけだし、要は四国に渡ってしまえば、そこから先は陸戦と大差ないではないかと、海戦での勝利に一切こだわらなかったのだった。

義経はたった百五十騎の腹心だけを連れ、平家の目を避けるために暴風雨を突いて、五艘の船で摂津国（大阪府／兵庫県）の渡邊津を出発した。船は淡路島の陰に隠れるかのように島の南岸に沿って進み、屋島から遠く離れた四国の東の端、阿波勝浦（徳島県）に秘かに上陸したのである。

義経は平家方に気取られぬよう、馬を駆って全速力で陸路を北上した。屋島が近くなると、小勢であることを悟られないように周囲の村を焼いて盛んに煙を上げ、干潮で島と岸が地続きになる時間帯を見計らって騎馬で干潟を渡り、屋島を急襲した。

屋島を襲撃するのに先立ち、義経はあらかじめ伊予水軍の河野通信に命じて、盛んに周辺海域を荒らし回らせていた。平家軍はその動きに苛立ち、河野通信を征伐すべく水軍を出発させており、兵の大部分が出払っていた。

そのため、屋島に残っていたのは安徳天皇と三種の神器と、それを守る少数の留守部隊だけだった。よもや屋島が陸側から襲われるなどとは、誰一人として夢にも思っていなかったのだ。

完全に不意を衝かれた平家軍は、義経の率いる軍がたった百五十騎であることもろくに確認もできぬままに、大慌てで安徳天皇と三種の神器を船に移し、海上に逃れたという。

屋島を攻略するなら、船で海から攻め寄せてくる。敵味方の誰もがそう思い込んでいたことを逆手に取った、実に鮮やかな義経の奇襲だった。

まさか、たった百五十騎であの堅固な屋島を落とせるなどと、誰が考えるだろうか。普通に考えたらただの無謀な博打だが、きっと義経の目にだけは勝利の絵がはっきりと見えていたのだろう。こんな馬鹿なことを誰も考えないからこそ、それをやった時に相手は驚き、狼狽してあっさりと崩れ去る。

「やはり、義経の力は底知れぬ。私など及びもつかぬ……」

私が思わず率直な感想を漏らすと、和田殿が少しだけ苛立たしげな表情を見せた。

「梶原殿も、きっと大手柄を挙げられたのでしょうなぁ」

和田殿が、妬ましさを隠そうともしない正直な感想を漏らした。こういう後ろ暗い気持ちを臆面もなく素直に口にできてしまうところが、この御仁の愛すべきところだ。

だが、その言葉を聞いて私はあることに気づき、急に嫌な予感がしてきた。

果たしてあの慎重居士の梶原景時殿が、こんな無謀ともいえる作戦を黙って許すものだろうか。だいたい、百五十騎などという非常識なまでに少ない兵数で四国に渡っている点が、きわめて不自然である。

義経は一の谷の戦いの時も、副将の土肥実平殿に断りもなく、たった三十騎の腹心の兵たちだけで鵯越の逆落としを敢行し、奇跡的な大勝利を収めている。

これは義経の奴、梶原殿に無断で出撃しやがったな――


私は真っ青になって、梶原殿がこの戦いでどんな武功を挙げたのか使者に尋ねたが、使者はそこまでの情報は持っていなかった。

三便目の使者も、ほかの将たちがどんな手柄を立てたのかについては伝えてくるが、梶原殿の動向については何も知らされていない。歴戦の猛者である梶原殿が義経率いる百五十騎の中にいたら、そこでめざましい手柄を立てることは間違いなく、そうなれば真っ先にその情報は入ってくるはずだ。これは間違いなく梶原殿は同行していないなと私は確信した。

そして、数日経ってようやく届いた梶原殿の動向は、私が予想していたよりもずっと悪いものだった。

梶原殿と義経は少し前に、船に逆櫓《さかろ》を付けるかどうかで揉めていたという。

逆櫓というのは船の舳先に付ける櫓で、これがあれば後ろにも船を進めることができる。梶原殿は、逆櫓を付ければ船を馬のように前後左右に自在に動かせるようになり、戦を進めるうえで有利になると考えて、逆櫓を付けるべきだと提案した。

だが、これを義経は「最初から逃げることを考えるとは、何とも門出の悪いことよ」と嘲ったらしい。そして、そんなものは自分の船には不要だから、あなたの船には百挺でも千挺でも付けたらよかろうと言ったというのだ。

梶原殿もこの言葉に腹を立て、「よい大将軍は、進むべき時は進み、退くべき時は退き、身の安全を保ちながら敵を滅ぼすものでございます。闇雲に突き進むのは猪武者でしょう」と反論したそうなのだが、それを義経は鼻で笑いながら、「猪だか鹿だか知らないが、戦はただ一気に攻めて勝ったほうが気分がよい」と答えたとのことだ。

私はこの話を聞いた時、誰の差し金かは知らないが、この話を広めた者の底知れない悪意を感じた。

あの天才・義経が、「一気に攻めて勝ったほうが気分がよい」などと、まるっきり考えが足りないようなことを言うだろうか？

たしかに、義経の戦術はいつも誰もが予想できないような突拍子もないものなので、一見するとどれも無謀なように見える。だが、一の谷の戦いの時に見せた鵯越の逆落としだって、義経はちゃんと戦場の呼吸を読みきって、これ以上ない最適な瞬間に的確に攻撃を仕掛けている。決して、何も考えずに闇雲に突進しているわけではないのだ。

ただ、残念なことにあいつは天才すぎるせいで、自分が直感でそう判断した理由を、自分できちんと言葉にできない。常に「何となくこれがいいと思った」という勘で動き、その勘がいつも面白いほどに当たる。だから義経の説明は常に言葉足らずであり、梶原殿などはその説明を額面どおりにとらえて、無謀な判断で家臣を危険に晒す無責任な大将だという評価を下している。

おそらく今回の逆櫓論争における義経の発言も、義経が発した説明不足な言葉の一部分だけを悪意を込めて切り取り、ねじ曲げて伝えたものに違いないと私は推察した。

いずれにせよ、この逆櫓の件で義経と梶原殿の関係は修復不能なまでに悪化した。互いにろくすっぽ口を利かない状態が何日も続く中で、義経の脳裏にいつものように「この方法で屋島を衝けば、間違いなく平家の裏をかける」という神託のような直感がひらめく。

こんな作戦、どうせ梶原殿に言っても反対されるに決まっている。そう確信した義経は、梶原殿に何の相談もなく、勝手に船を出して屋島を急襲したのだった。

出港の日は船頭たちも出発を嫌がるほどの暴風雨だったが、それでも義経は無理に出発して、結局無傷で四国に到着した。これは義経を助けて平家を討たせようとする軍神のご加護か、あるいは義経は自分の運命までも、直感でそこまで読みきっていたということか。

いずれにせよ、この無謀ともいえる大博打は義経の大勝利で終わった。

義経に置いてきぼりをくらった梶原殿は、屋島急襲の四日後に、慌てて二百艘あまりの大軍を連れて屋島に駆けつけた。義経軍の者たちは梶原殿の軍を指さし、「いまさら来ても何の役に立つのか、これでは法会に間に合わなかった花、六日の菖蒲、喧嘩が終わってから届いた棒だ」と大笑いしたという。

これはまずい。

責任感の塊のような梶原殿は、軍奉行としての仕事から仲間外れにされるような、こんな理不尽な仕打ちを受けてどれほど傷つくだろう。

それだけならよい。ただでさえ頼朝兄さまへの報告が足りていない義経だ。もし梶原殿が今回の件を恨みに思い、頼朝兄さまに事実をねじ曲げて報告をしたとしても、それを上手く否定できるような器用な芸当を、あの義経ができるとは思えない。

この大勝利の顚末は、いずれ義経にとって命とりになるかもしれない――

私は、裏表のない義経のさわやかな笑顔を思い浮かべ、途端にズキンと胸が痛んだ。六日の菖蒲だなどという悪口雑言を吐いたのも、おそらく義経の知らぬところで配下の雑兵たちが勝手にやったことだろう。一の谷に続いて屋島でも奇跡のような勝利を挙げ、図に乗った義経の兵たちが、梶原殿の兵に向かってそういった暴言を吐くとは容易に想像がつく。だが義経自身は、勝って調子に乗り、勝てなかった相手を見下すような人間じゃない。

あいつはただ、子供が双六を楽しむのと同じように、戦を楽しんでいるだけなのだ。あいつならきっと、勝てなかった相手を見下すどころか、面白かったからもう一戦やろうと、何の悪意もなくそう言うだろう。

ほどなくして、義経から私宛に使者がやってきた。使者が持参した文には、義経の鼻息の荒さがそのまま字に表れたような力強い筆致でこう書かれていた。

――屋島に軍船を置き捨てて逃げたことで、平家の兵船はいま、五百余艘まで目減りしております。対する我が軍は摂津渡辺党、伊予・熊野の水軍合わせて八百艘。これは平家を倒す千載一遇の好機にございます。

この時を逃せば、平家は兵船を集め、再び太刀打ちできぬほどに力を取り戻してしまうことでしょう。そうなる前に、いまこの時に平家の息の根を完全に止めておくべきです。

そうしなければ、船上での戦いに不慣れな我が源氏が、平家に水戦で勝てることは永遠にありませぬ――

「ちょっと待て！　義経、それはならぬぞッ！」

義経の文を読みながら、周囲に人がいるのに思わず叫び声が出てしまった。

たしかに、戦の勝ち負けだけを考えれば、義経の言うとおりだと私も思う。

どれだけ伊予・熊野の水軍を味方につけようとも、主戦力である東国武士たちは、揺れる船の上ではろくに弓も引けず、組み打ちでも腰がふらついて普段の力はほとんど出せない。戦力は大きく落ちる。

だが、屋島で平家が多くの船を置き捨てて逃げた結果、源氏方が有する船の数は現在、平家方を大きく上回っているし、何よりも平家は自信を喪失している。いま、この瞬間だけならきっと、水戦でも平家に勝てる可能性はある。

逆に、平家が彦島に籠って守りを固め、屋島の奇襲の混乱から徐々に落ち着きを取り戻し、再び軍船を建造して数を回復させ始めたら、この稀有な勝機はあっさり消え去るだろう。

我々は、これまで一度も海の上では平家とまともに戦っていない。いまここで、敵が得意とする水戦でも平家をねじ伏せ、完全に息の根を止めてこそ、真の源氏の勝利といえるのではないか――そのような思いは、私の中にもわずかにある。

だが、義経よ。もう、戦の出番は終わったのだ。

私が九国を制したことで、平家の勢威を支える根と茎は刈り取られた。いまの平家はもはや切り花のようなもので、放っておいても早晩のうちに枯れる運命にある。なにも、わざわざ戦いで決着をつける必要などない。これは双六の勝負とは違う。途中で相手が負けを認めれば、わざわざ終わりまで賽を振らなくともよいのだ――

私は一同に義経からの書状を渡して回し読みさせると、近習《きんじゅ》を呼んで命じた。

「急いで義経の使者をここに呼べ。決して、早まって平家に戦を仕掛けてはならぬと義経に伝えるようきつく言い渡したうえで、その旨を書いた文を持たせて帰す」

私のただならぬ表情を見て、状況を察した天野殿が言った。

「義経殿のもとにおられる梶原殿にも、使いの者をお送りになってはいかがですか」

「おお。それは確かに。送るべきであろうな」

だが、最近の梶原殿は義経とすっかり犬猿の仲になって、互いにほとんど口も利かなくなっていると聞く。そんな梶原殿がどんなに止めたところで、義経は逆に意固地になって出陣するかもしれぬな、と思い、私はほとんど期待はしていなかった。

じりじりしながら私が義経からの返事を待っていると、早くも二日後に使者がやってきたとの報があった。私は一瞬だけ喜んだが、そんなに早く義経から返事が来るわけがない。ぬか喜びをかき消し、誰からの使者であるかを確認した。

ありがたくないことに、使者は鎌倉の頼朝兄さまからだった。

兄さまからの書状には、くれぐれも三種の神器と安徳天皇を無事に保護するようにと、うんざりするほどしつこく書かれていた。

もはや頼朝兄さまの興味は、戦後の政局のことにしか向いていない。平家に勝つことなど既定路線であって、ここから先は「どうやって勝つか」が争点なのだ。

皇位継承の証である三種の神器を平家から取り戻し、安徳天皇の身柄も生きたまま確保して後白河法皇に引き渡すことができれば完璧だ。

そうすれば後白河法皇はきっと、八歳の安徳天皇ご本人の口から出たという言葉を勝手にでっち上げ、自分が擁立した後鳥羽天皇に「自発的に」天皇の位を譲るよう仕向けるはずだ。それによって、二人の天皇が並び立ってしまっている現在の不自然な状態から「平和裏に双方合意のうえで」後鳥羽天皇への皇位継承が行われるわけで、後白河法皇にとっては文句のつけようのない最高の幕引きとなる。その最大の立役者である源氏の地位も、この上なく高まるだろう。

そのような理想的な結末を目指し、三種の神器と安徳天皇の安全を最優先に考えるとしたら、いま戦を挑むのは危険すぎる。

追い詰められ、もはやこれまでと覚悟を決めた平家方が、安徳天皇とともに自害してしまう可能性は高かったたし、憎き後白河法皇に渡すくらいならと、平家の誰かが自暴自棄になって三種の神器を破壊してしまうかもしれない。

まして水戦などもってのほかだ。戦いの最中にうっかり船が沈めば、意図的でなくとも安徳天皇も三種の神器も海中に没してしまう。ここは焦って決着をつけようとせず、平家最後の砦である彦島を厳重に包囲したうえで平家方に使者を送り、和睦を呼びかけるのが政略としては最善の方法なのだ。

頼朝兄さまは、義経にも同じような使者を送っているに違いない。だが、義経はちゃんと、その言うことに黙って従ってくれるだろうか。

あの身勝手で戦馬鹿の義経のことだ。言うことを聞くかどうかは五分五分かもしれないが――

その数日後、今度こそは待ちに待った義経からの返事がやってきた。

だが、その内容は私を絶望させるものだった。

——なぜ、父の仇を滅ぼす千載一遇のこの機会をみすみす逃すのですか。

兄上も私も、これまで何度も自らの命をぎりぎりのところに晒して、かろうじて勝ちを拾ってきたではないですか。いつ死んでもおかしくなかった苦しい戦いだったのに、その実態を頼朝兄さまは何もわかっていないのです。きっといまも、この調子ならいますぐ急いで攻めなくても勝てるだろうなどと、平家を見くびっているに違いありません。

平家の水軍を甘く見ると、死にますよ。

現場を知らない鎌倉の考え方は甘いですから、この絶好の機会を無駄に逃してしまったあとで、どうせ後悔するに決まっています。それで、平家が再び力を取り戻したあとで、「やっぱり都合が悪くなったから平家を倒せ」などと簡単に言ってくるはずです。そのくせ鎌倉が何もしてくれないのは、頼朝兄さまのいままでのやり方を見ていれば明らかでしょう。

そして、その時に死ぬ思いをして苦労するのは、兄上と私ではないですか——

うんざりする義経の気持ちも、私にはよくわかる。

義経は、目の前の戦で勝利を挙げるための最善手だけをいつも考えている。かたや頼朝兄さまは、武士の支配する世を作るという壮大な目的が最初にあって、戦などその手段のひとつくらいにしか考えていない。そんな頼朝兄さまの指示は、義経にとってはいつも邪魔くさいものでしかなかった。

　頼朝兄さまにしてみれば、後白河法皇との丁々発止の交渉を有利に進めるためには、義経の戦の進め方にもあれこれ口出しせざるを得ないのだが、それは義経にしてみたら、戦の現場にほとんど出たこともない人がいらぬ横槍を入れて、自分が苦心して構築した勝利への一本道をぐちゃぐちゃに壊そうとしているように見えるはずだ。さぞ腹立たしいことに違いない。

　だが、耐えるんだ義経。

　これは、お主の得意な双六とは違うのだ。勝って平家を滅ぼしたところで、安徳天皇と三種の神器を失ってしまっては何の意味もない。我々がなぜ戦っているのか、もう一度考えて冷静になるのだ――


　私はそう書状にしたためると、伊予に駐留している義経の元に船で使者を送った。

　だが結局、その書状は義経のもとには届かなかった。

　私が送った文への返事は一向にないまま、逆に義経側から、三月二十一日に出港して彦島の平家を討ちたい、兄上も一緒に参戦してほしいとの連絡がやってきた。どう見ても私の文を読んだうえで書いた内容ではない。私が送った使者はどうやら、途中で平家に捕まったか、船を沈められたかで義経の元には着かなかったようだ。義経からやってきた文は一方的な最終通告で、持参した使者にいまから返事を持たせて返したところで、三月二十一日の義経の出港にはもう間に合わない。

万事休すか……

参戦しようにも船はないのだが、とにかく合戦の場には向かおうと、我々は陸路を大急ぎで彦島方面に向かった。

到着したのはぎりぎり開戦二日前の三月十九日だった。壇之浦の海峡の向こうに見える彦島はすっかり臨戦態勢で、島の周囲には平家の赤旗を掲げた軍船がびっしりと停泊している。

平家の軍船がときどき、わっと大声を出し船端を叩いて気勢を上げるのだが、その鬨の声がはっきりと聞こえるくらいに、敵は目と鼻の先にいる。だが、船がない我々は、対岸の九国側でただぼんやりと眺めていることしかできない。

我々は周辺の漁村を駆け回り、少しでも船が調達できないか探し回った。すると、その動きをあざ笑うかのように、五艘ほどの平家の軍船が漕ぎ寄せてきて、大声で呼ばわった。

「ここにおられる源氏の方々はいま、必死で船を探しておられるのであろうが、無駄でござる。船はこの辺りには一艘もありませぬぞ。我ら平家が、事前に根こそぎ彦島に運び込んでしまいましたからなぁ」

そして大声で笑い声を上げると、船端をドンドンと叩いて囃し立てた。和田義盛殿などは怒り心頭に発して、ええい、射落としてくれようと矢を放ったが、それだけ言い残すと平家の船は素早く岸から離れ、和田殿の矢も空しく海中に没していくだけだった。矢の届かぬ沖から、勝ち誇った笑い声が聞こえる。

「ははは。じきに源氏の船もここにやってくるのであろうが、船酔いで青い顔をしている東国武士など恐るるに足らぬ。貴公らはここで、味方の船が沈められていくのを指をくわえて眺めておられるのがよかろうぞ」

平家の船の挑発に、和田殿は顔を真っ赤にして、

「またか。屋島に続いて、またもや我々は肝心の戦の時に限って蚊帳の外なのか」

と叫び、悔し泣きせんばかりに地団駄を踏んだ。

海岸に立つと、対岸に見える彦島は建物もわずかに確認できるくらいに近い。だが、馬であればすぐにたどり着けるほどの距離が、船を持たぬ我々にとっては限りなく遠い。

ただでさえ狭い海峡は、和布刈《めかり》神社が建っている壇之浦のあたりで特に狭まっていて、そのあたりは対岸まで五町（約五百五十メートル）ほどしかない。

そこからならば、陸地から放った矢もひょっとすると数本くらいは敵に届くかもしれぬと、あまりにもはかない望みを抱きながら、我々は壇之浦の岸辺に布陣した。

戦の当日、三月二十一日の未明。空には雲ひとつなく風もわずかだ。

強風で波浪が高ければ、船に慣れぬ源氏方にとっては不利に働く。だが義経の天運に守られたか、のどかな春の海はさざ波が優しく揺れるだけだ。あまりに穏やかで、これからこの地で源氏と平家の雌雄を決する最終決戦が繰り広げられるのがまるで嘘のようだ。

日の出前の薄明かりの中、東側の水平線に、源氏の白旗を掲げた船が黒い点のようにぽつぽつと現れ始める。点は次第に数を増やし、大きくなっていく。東の空が白む頃には、船に掲げられた白旗もはっきりと見えるまでになった。

壇之浦周辺に集まった源氏の船は八百艘あまり。船には源氏の白旗に加えて、熊野水軍、伊予水軍、摂津渡辺党の旗印が翻る。船を扱うのは海上の戦いに練達した彼らだが、船上で弓を引き、敵船に乗り移って戦うのは、船に乗り込んだ源氏の武士たちである。遠すぎて顔まではわからないが、鎧兜の糸威《いとおどし》の模様から、あの船の舳先に立っているのは誰それだ、あの者は何某殿に違いないと、岸辺で眺める我が軍の武者たちは口々に噂しあった。

「おおい！　何艘かこちらに漕ぎ寄せて、儂らもその船に乗せてくれい！」

和田殿が遠くの船に向かって、さっきから何度もそう叫んでいる。和田殿の声は普段から法螺貝のように無駄に大きい。全く聞こえていないわけでもないと思うが、それで我々のほうに来てくれた船は一艘もなかった。

見たところ、源氏方のどの船にもこぼれ落ちんばかりの武者が乗り込んでいて、これ以上人を乗せる余裕はない。それに、この最後の戦いまで生き残った平家の将たちは皆、名だたる高位の者たちばかりだ。彼らを討ち取れば大手柄であり、そんな大手柄が期待できる絶好の機会に、競争相手となる者をわざわざ乗せに行くお人好しもいないだろう。

西側から、平家の赤旗を掲げた船団が威風堂々と並んで整然と漕ぎ進んできた。ただ、彦島の周りに停泊していた時にはかなりの数に見えたが、こうして源氏方の船団と並んでみるとひと回りは小さい。無敵を誇った平家水軍も、極限まで追い詰められている。

両軍、ぎりぎり矢が届く位置まで前進していったん船を止めた。

まずは平家方がバンバンと力の限り船端を叩いて荒々しく気勢を上げた。その後、それに応えるかのように、源氏方もガンガンと船のあちこちを叩き、地響きのような鬨の声を上げる。両軍の先頭に出た船の舳先には、それぞれの総大将、平宗盛と義経が立ち、合図の鏑矢をつがえた。それを見て両軍とも騒ぐのをやめてしんと静まり返り、折しも風もぴたりとやんで凪のようになった。

ヒョウゥゥゥッ！

戦いの始まりを告げる二本の鏑矢が放たれて空中で交錯し、笛のような風切り音が鏡のような海面に響きわたる。

それと同時に、両軍が激しい喊声を上げて全速力で船を前進させた。静寂が一気に破れ、ぶうんぶうんという不気味な羽音とともに、空が暗くなるほどの矢がまるで飛蝗《ひこう》のように飛び交う。早くも何人かの武者が矢を受けて倒れ、船縁から海中にドボンと落ちていった。

源氏と平家の、長年にわたる因縁の決着をつける戦いの始まりである。

それを私はただ、岸辺からぼんやりと見守ることしかできない。

九．壇之浦の戦い

壇之浦で平家の水軍と対峙した義経は、慣れぬ船上での戦いに当初は苦戦するが徐々に押し返し、ついに平家軍を完全に殲滅した。安徳天皇の祖母・二位尼は安徳天皇を抱きかかえ、三種の神器のうち天叢雲剣と八尺瓊勾玉を持って入水する。義経はついに、父の仇である平家を討ち滅ぼしたのだった。

壇之浦に夕暮れ時が訪れ、傾いた日の光を受けて海面がきらきらと輝いている。穏やかな海のあちこちに、まるで龍田川の紅葉を嵐が吹き散らしたように平家の赤い旗印がゆらゆらと浮かび、主を失ったぼろぼろの平家の空船が、潮に引かれ、風に従って、どこに向かうでもなく虚しくゆらゆらと揺れていた。

結局、最後まで義経に全部持っていかれてしまったな――

私が岸で眺めている目の前で、源氏と平家の最後の決戦が繰り広げられた。戦いは一進一退の激しい攻防の連続だったが、最後は粘り強く平家方の力を削り取っていった源氏の勝利に終わった。

義経が正確に見切っていたとおり、最強を誇る平家の水軍も、ほんのひと月ほど前の屋島での敗戦の衝撃をまだ引きずっており、どこか動きに精彩を欠いていた。それでも平家は意地を見せ、午前中の戦いではかろうじて優勢を保っていた。

しかし午後になり、両軍ともに疲労の色が見えてくると、いかんともしがたい数の差がじわじわと物を言い始める。分厚く押し寄せてくる源氏方の圧力に耐えかねて平家方は次第に押されるようになり、体力が尽きて棒立ちになったところを討ち取られる者が目立つようになった。その頃にはもう、戦いの趨勢は決していた。

長きにわたる源平の戦いは、ついに源氏の勝利で幕を閉じた。

しかし、私はいったい、この戦いで何を成し遂げたのだろうか。

総大将はいつも兄である私が務め、義経はあくまで別働隊の将にすぎない。だが、一の谷でも屋島でも壇之浦でも、敵を打ち破ったのは全て義経だ。しかも、その戦いのいずれも、兵数で劣っていたり慣れぬ水軍を相手にする戦いであったり、源氏方が圧倒的に不利な状況であったのに、義経は毎回それをあっさりと覆して勝ってしまう。

かたや、この私ときたらどうか。自らが挙げた勝利など数えるほどしかなく、何だか東海道でも京でも山陽道でも九国でも、私はひたすらその日の食事の心配ばかりしていたような気がする。

天才的な弟の陰に隠れて、最後まで私は何もできなかった。

戦いを終えて、源氏の白旗を掲げた船が、我々のいる和布刈神社のあたりに一斉に漕ぎ寄せてきた。先頭の船の舳先に立つのは義経だ。

「兄上！　やりましたぞ！　とうとう平家を！　我が源氏の宿敵を撃ち滅ぼしました！」

そう言って義経が高々と弓を掲げると、船に乗った源氏の兵たちは一斉に船端を叩き、豪快な鬨の声を上げた。船の上の誰もが、生きるか死ぬか紙一重の状況に置かれて一日中人殺しを続けたことで極度の興奮状態にあり、その中で勝ちを収めたという達成感と高揚感に酔いしれている。

近くで見ると、船のあちこちには無数の矢が刺さり、敵船との衝突を繰り返した船体は傷だらけで、この日の戦いの激しさを物語っていた。

岸で待つ我々も負けじと箙《えびら》を叩き、鬨の声を上げて応えた。だが、かたや一日の激戦を終えて、ボロボロになりつつも大戦果を挙げた勇敢な戦士たちで、それに対する我々は、無傷の美々しい鎧を着て、どうせ届きもしない矢を海に向かって何本か無駄に飛ばしてみただけの傍観者だ。見かけだけは勇壮な我々の鬨の声も、どこか虚しく聞こえた。

船が岸に着くやいなや、義経は元気よく舳先から陸に飛び移り、私のもとに駆け寄ると地面に片膝をついて、誇らしげに戦勝の報告をした。

「見ておられましたか兄上！　私も最後、剛力無双の教経殿に追い回されてひやりとしましたが、何とか勝つことができました！」

「そうだな義経。お主はよくやった」

「これで父上の仇も討つことができました。源氏のため、頼朝兄さまのため、この義経、命を懸けて戦い続け、ついに平家を倒しましたぞ！」

「そうだ、本当によくやったぞ義経。わかったわかった」

久しぶりに会う義経は、相変わらず犬のような奴だった。何だかその姿を見ていると、取ってきた獲物を飼い主に見せながら、嬉しそうにその場をぐるぐると駆け回る猟犬の姿が目に浮かぶ。

「やりました！　この義経、この日を迎えるまで、どれだけの無念に耐え、艱難辛苦を乗り越えてきたか……」

そのまま感極まって泣き崩れ始めた義経に、私は慌てて声をかけた。

「わかった義経。ちょっと落ち着け。頼むからひとつだけ教えてくれ」

「……はい？」

義経ははらはらと涙を流したまま、キョトンとした顔で私の顔を見る。

「三種の神器はどうした？」

「え……？」

「それから、安徳帝はどうしたのだ。こちらから眺めていると、平家方の唐船から、上臈《じょうろう》(24)の方々が次々と入水していったように見えたのだが、それはちゃんとお救い申し上げているのか？」

「は？」

これは話にならぬ、と早々に見切りをつけた私は、周囲を見回して声を張り上げた。

「梶原殿ォー！　梶原景時殿はおられるかァ！」

梶原殿はまだ壇之浦に浮かぶ船の上にいた。

私は義経から奪い取るように船を一艘借りると、大急ぎで梶原殿の船に漕ぎ寄せた。

梶原殿は血相を変えて、周辺の船の水夫たちを叱咤していた。

「あるいは、その辺りに浮いておるかもしれぬ！　くまなく探すのじゃ！　水に潜れる者は潜って水底を漁《あさ》れ！　見つけだした者には望みのままの褒美をやるぞ！」

梶原殿の船に乗り移ると、顔面蒼白になった梶原殿が、私の顔を見て一瞬だけほっとしたような表情を浮かべた。最後に周防国で会ったのはほんの二か月ほど前だというのに、この短い間に起きた屋島の戦いと壇之浦の戦いの裏で、さまざまな気苦労があったのだろう。梶原殿は自慢の顎鬚にもずいぶんと白いものが増え、やつれたように見えた。

「おお！　蒲殿！」

「梶原殿。その様子だと、かなりまずいようじゃな」

「ええ。多くのやんごとなき方々が入水され、建礼門院《けんれいもんいん》(25)さまと、平宗盛殿、清宗殿の父子はなんとか救いだしたものの、二位尼様と安徳帝は……」

「これだけ長い間浮いてこないということは、見つかってももう――」

そこまで言ったところで、恐ろしくてその先を口に出すことはできなかった。梶原殿も沈痛な面持ちで下を向いた。

「……それで、三種の神器は？」

「それが……八咫鏡は船に残されていて無事だったのですが、天叢雲剣と八尺瓊勾玉は、二位尼様が安徳帝とともに、抱きかかえたまま入水されてしまったらしく、まだ見つかっては……」

ああ――

勝つには勝った。宿敵の平家は滅亡し、この国で我が源氏とまともに敵対できる者はもう誰もいない。

だが、形としては天皇のいち臣下にすぎない源氏にとって、生きたまま安徳天皇の身柄を確保し三種の神器を奪還すべしという朝廷からの指令を果たせなかったことは、痛恨の大失態だった。

すぐに日が暮れて夜になったが、それでもかまわずに私は、周辺の漁村からありったけの人数を集めさせた。

「よいか。明日の日の出とともに、お主らは壇之浦のほうぼうに網という網を入れて水底を浚うのだ。水に潜れる者は潜って探せ。あるいは浜辺に打ち上げられているかもしれぬゆえ、女子供は揃って浜辺を見回るのだ。見つけた者には一生遊んで暮らせるほどの褒美を取らせるゆえ、何としてでも神剣と勾玉を見つけだすのじゃ」

私が慌ただしくそんな手配をしている間にも、勝利の興奮冷めやらぬ義経とその配下の者たちは、あちこちで盛んに篝火を焚いて、にぎやかに祝宴を張っていた。

夜の闇の中、遠くに温かい橙色の篝火がぽつぽつと浮かび上がり、どっと楽しげな歓声が上がるのがときどき聞こえてくる。義経も今日ばかりは、平家打倒という長年の宿願を果たした最高の気分のまま眠りにつくのだろう。

だが、平家という宿敵がいなくなったいま、明日からの義経はどうやって生きていくのだろうか。

平和が訪れ、もはや義経の類まれな軍略が必要とされる場面はなくなってしまった。残ったのは、誰一人並ぶ者のいない偉大な勲功を残した、あまりにも無邪気で気が利かない無敗の英雄である。私は義経の将来に、どうしようもなく嫌な予感がしてならなかった。

翌朝は、まだ夜も明けきらないうちから壇之浦の大捜索が始まった。

幸いなことに八尺瓊勾玉は、海上に浮かんでいたところを片岡経春《かたおかつねはる》という者が発見した。しかし二位尼と安徳天皇の遺体と天叢雲剣は、その後どれだけ捜索を続けても見つかることはなかった。

その日も私は夕暮れまで捜索を指揮したあと、陣所としている寺に戻った。

一向に成果の上がらない作業にげっそりと疲れ果て、倒れ込むように私が本堂の文机にもたれかかって呆然としていると、天野殿が本堂に入ってきた。私は思わず愚痴をこぼした。

「三種の神器を損ない、安徳帝を伴わずに京に戻るのは、心底気が重いわ」

　すると天野殿は、驚くほどあっさりと即答した。

「ならば、義経殿お一人で京に戻って頂くよう、頼朝様に上申されては」

「え？」

「義経殿は法皇様の大のお気に入りでございますから、義経殿が京に戻って奏上されれば、きっと法皇様は天叢雲剣が失われたことなど気になされず、ただ平家を滅ぼしたことだけをお褒めくださるはずです」

「しかし、総大将の私が戦勝を言上しないのは、さすがに理屈が――」

「理屈など、如何様にもつけられますでしょう。そもそも範頼殿、こんな不穏な時にあなたが九国の地を離れてしまって、九国が無事に治まるとでもお思いですか？」

　たしかに天野殿の言うとおりで、私はいま、とても九国の地を離れられるような状況ではなかった。

　平家が滅んだとはいえ、九国の武士たちの源氏に対する不信感は根強い。彼らは単に、総大将の私が大軍を九国に駐留させて睨みを利かせているから渋々従っているだけであって、私が軍を引き連れて京に凱旋などしてしまったら、その間に何をしでかすかわかったものではない。

　葦屋浦の戦いで九国を斬り従えてからというもの、私が延々とやっていたのは土地の分配だった。新たに源氏に帰順した九国の武士たちに、功績に応じて公平に土地を与え、その土地の所有権を保証してやるのである。

そして、彼らの間で土地を巡る小競り合いが起こったら、私はすかさず間に割って入り、源氏が決めた分配に従うよう命じる。その際、従わなければどうなるかわかっておるな？　と凄みを利かせて、鼻息の荒い武士どもを力で強引に黙らせる。

そうやって、源氏の威を振りかざして武士同士の争いを止めることを繰り返していくことで、九国の武士たちは徐々に「源氏に従っておけば、確実に自分の土地を保証してくれて、ほかの者に荒らされた時にも必ず助けてもらえる」ということを理解するようになる。

そういう実績を地道に積み重ねて初めて、九国の者たちも源氏の下につくことの利を悟り、長年の遺恨をもつ源氏の支配を受け入れることに、ようやく折り合いをつけるのである。

それは気の遠くなるような地道な作業の繰り返しで、たったいま始まったばかりだ。そんな取り組みが実を結び、九国の地が真に源氏に帰順するまでには、おそらく何年もの年月を要することだろう。

「それでは頼朝兄さまに、私は九国の地を離れられぬからといって、義経だけを京に戻してはいかがかとお伝えすることにしよう」

「ええ。それがよろしいかと。懼れながら、範頼殿が法皇様に奏上されるよりも、義経様から奏上されたほうが、あの――」

天野殿が気を使って言葉を濁したので、私は笑って言葉を継いだ。

「ははは。自分でもそう思うぞ天野殿。たった数度お会いしたことがあるだけの私なんかよりも、昵懇の仲の義経が戦勝を伝えに行ったほうが、法皇様もよほどお喜びになるだろう」


その時の私はちっとも気づかなかったが、あとになって考えてみると、この時に天野殿が義経だけを凱旋させるよう仕向けたのには、私の身を案じた彼なりの深い思慮があったのだと思う。

義経は後白河法皇と近すぎ、そして後白河法皇と頼朝兄さまの最近の関係は正直言ってかなり微妙だ。平家という共通の敵が滅んだいま、法皇様と頼朝兄さまがこれからも協力を続ける必要性など、もはやひとつも残っていない。

だとしたら今後、後白河法皇と頼朝兄さまの仲が悪化していく可能性は高いわけで、私がこの先、頼朝兄さまから無用の疑いを受けないようにするためには、法皇様と義経とはできるだけ距離を置いておいたほうが無難であろうと天野殿はひそかに考えたのである。

もし、私と義経がともに凱旋して、一緒になって後白河法皇からお褒めの言葉を授かったりなどしたら、あとで頼朝兄さまからどんな言いがかりをつけられるかわかったものではない。天野殿はそれで、私が京に帰ることに気が進まない様子だったのをいいことに、義経と私をさりげなく遠ざけたのだ。


こうして私は九国に残ることを頼朝兄さまに命じられ、義経だけが八咫鏡と八尺瓊勾玉を持ち帰って京に凱旋することとなった。そして私はほどなくして、天野殿の読みが実に正しかったことを痛感することになる。

義経は京で、後白河法皇と民衆たちの大歓迎を受けた。

乱暴な木曽義仲を京の都から追っ払い、驕り高ぶった平家を一の谷で撃退してくれた義経は、京の人々にしてみれば、まるで王都を鎮護する仁王様のごとき頼れる存在だ。そんな義経が、平家を滅ぼして京に凱旋してきたのだ。

人々はこぞって都大路に押し寄せ、歓呼の声を上げて義経とその軍勢を迎えた。安徳天皇と天叢雲剣を失ったことなど、何の問題にもならなかった。

後白河法皇への戦勝報告を済ますと、義経はすぐさま、自分とともに戦った配下の者たちを朝廷に推挙した。朝廷も二つ返事で、義経が希望したとおりの官位を推挙された者たちに与えた。

だが、この推挙が義経の運命を暗転させる。

義経がこれらの行為を頼朝兄さまに全て無断でやったことが、頼朝兄さまの逆鱗に触れてしまったからだ。

頼朝兄さまが四月十五日付で御家人たち宛に出した下文《くだしぶみ》が、九国の私のところにも送られてきた。私はそれを一読するなり、思わず変な声が出てしまった。

「何だ、この身も蓋もない言い方。まるで子供の悪態ではないか……」

頼朝兄さまは、自分の推薦を得ずに勝手に朝廷から官位を受けた御家人たちをいちいち名指しで批判し、東国に帰還することを禁じたのである。

それだけでもかなりの厳罰なのだが、下文に書かれたその批判の内容が、あまりにも大人げない。

「兵衛尉《ひょうえのじょう》(26)となった佐藤忠信《さとうただのぶ》は、身の程を知るべきである。この程度の功績でその気になるなど、イタチにも劣るような奴だ」

「刑部丞《ぎょうぶのじょう》(27)となった梶原友景《かじわらともかげ》は、声はしわがれて、刑部にあるまじきほど後ろ髪が醜い」

「兵衛尉となった梶原景高は、顔つきが悪く以前から馬鹿者だと思っていたが、官位を受けるなど実に見苦しい」

「馬允《うまのじょう》(28)となった渋谷重助《しぶやしげすけ》は、最初の頃に平家や木曽義仲に味方していたことをそろそろ許してやろうと思っていたのだが、こんなことで首を斬られるとは。鍛冶屋に金属の首枷を作らせて、いまのうちに首に巻いておいたらよかろう」

この文を発給する前に、誰か頼朝兄さまを止める奴はいなかったのか。

下文の書きぶりのあまりの幼稚さに私は絶句したが、きっと周囲が止めようのないくらいに兄さまが怒り狂っていて、誰も手が出せなかったのだろう。そうでなければこんな恥ずかしい文書が世に出るわけがない。

梶原景時殿は壇之浦の戦いのあと、私とともに九国に留まって九国の鎮撫にあたっていたのだが、私宛に届いたこの下文を回すと、梶原殿は一読するや気絶せんばかりに顔面蒼白になった。

梶原殿は義経の軍奉行となることを命じられ、一族とともに義経の下で戦っていたため、義経は手柄を挙げた梶原家の者たちもまとめて朝廷に推挙していた。

それでうっかり息子や親族が官職を受けてしまい、そのせいで頼朝兄さまから「声はしわがれて後ろ髪が醜い」だの「顔つきが悪く以前から馬鹿者だと思っていた」だのと糞味噌に糾弾されている。

「何という……何ということ……これはまずい。頼朝様に弁明せねば……」

うわごとのようにそうつぶやいて、梶原殿はすぐに自分の屋敷に引っ込み、そこから三日ほど一歩も出てこなかった。

おそらく梶原殿は、すぐさま頼朝兄さまに言い訳の書状を大量に書いて送ったのだろう。その書状にはきっと、義経についてあることないことを吹聴し、官位を受けたのは自分たちのせいではなく、全ては義経の勝手な振る舞いが原因なのだと散々に書いているに違いなかった。

それにしても、兄さまはすっかり変わってしまった。

以前の頼朝兄さまは、たしかに万事において秋霜烈日《しゅうそうれつじつ》のごとき厳しさで対応する人ではあったが、それでも慎重に自分の心を抑え、たとえ相手が家臣であっても、恨みを買わぬよう細かく気を使って接する方だった。そんな兄さまが、まさか名指しでこんな露骨な吊るし上げをするなんて。

平家という大敵がなくなったいま、頼朝兄さまが「次の段階」に確実に軸足を移しつつあることを、私はひしひしと感じ取っていた。

兄さまが目指すのは、身勝手な朝廷に振り回されることのない、武士による武士のための社会である。そのためにはまず、何よりもその軸となる源氏武士団の内部を鉄の結束で固めておかねばならない。いかに義経が大きな手柄を立てたといっても、源氏の棟梁の指図を仰がずに勝手な振る舞いをする人間を放置しておいては、御家人たちに示しがつかない。

じわじわと険悪になっていく兄・頼朝と弟・義経の間にあって、凡庸な私は悲しいほどに何もできない。せめて少しでも義経の立場をよくしてやろうと、私は遠くの漁村からも人を集めさせ、壇之浦周辺での捜索作業の人数をさらに増やした。

だが、それでも天叢雲剣が見つかることはなかった。

不穏な空気が漂う中、義経は四月の後半に鎌倉に向かって出発した。生け捕りにした平宗盛・清宗親子を連れていったのは、敵の大将を手土産にすることで、少しでも頼朝兄さまの心証をよくしようという心づもりだろうか。木曽義仲を討つために鎌倉を発って以来、およそ一年半ぶりという、あまりにも遅すぎる帰還だった。

しかし、義経は鎌倉に入れてもらえなかった。

頼朝兄さまは、自分に断りなく部下たちを朝廷に推挙し、任官を受けた義経の勝手な振る舞いを許さなかったのだ。梶原景時殿をはじめとする多くの御家人たちが、抜群の手柄を立てた義経を僻《ひが》んで、「義経殿はほしいままに軍を動かし、手柄を独り占めにした」などと、誇張も交えて頼朝兄さまにあれこれ吹き込んだのも大きかった。

鎌倉への入り口である腰越に義経がたどり着くと、そこには逆茂木と柵がびっしりと植えられ、完全武装した一軍が待ち構えて道を阻んでいたという。

腰越に留め置かれた義経は、公文所長官の大江広元《おおえひろもと》殿を通じて、頼朝兄さまに弁明の書状を提出したそうだ。その文面まではこちらには伝わってはこないが、断片的な内容だけはぽつりぽつりと漏れ聞こえてくる。義経はどうやらその書状で、

「一番に恩賞を受けるべきところ、思いもよらない讒言《ざんげん》を受けて、莫大な勲功を御前で語ることもできず、何も過ちを犯していないのに咎を受けた」

「讒言の内容が正しいかどうかの確認もされず、鎌倉にも入れてもらえず、直接思いを伝えることもできず、無駄に数日を留め置かれている」

といった主張をしたらしい。

その文章は、これまでに自分が立てた功績を説明し、頼朝兄さまに対して二心のないことを誓い、兄さまの慈悲にすがる以外にないという思いを切々と訴えるものだった。兄を思うその素直な心に打たれ、思わず涙する者もいたということだ。

だが、それを聞いた私は頭を抱えて嘆息した。

「何てことを言ってるんだ、あの馬鹿は……」

あまりにも真っ正直な義経の主張に、下手くそかよ、と私はうんざりした。

それでは駄目だよ義経。お主は自分の置かれた状況をちっともわかっていない。

もし今後、兄さまと二人きりで会って話す機会が作れるのなら、その時に面と向かってそういう真心を伝えるのはいい。でも兄さまはいま、お主に会うことを拒んでいて、兄さまの周囲はお主の言う「讒言」をした者たちが固めているんだ。

そこにこんな、「自分はひとつも悪くない、あなたの周囲の者たちが讒言をしたせいで誤解されている」などと主張する書状を送るなんて、愚の骨頂だろう。

そんなことをしたら、周囲の者たちはこれまで以上に必死で、兄さまにあることないことを吹き込み、兄さまとお主を絶対に会わせないようにするに決まっているではないか。もし兄さまとお主が直接話して「誤解」とやらが解けてしまったら、「讒言」をした周囲の者たちは全員破滅するのだぞ。

だから、ここは怒りをこらえて「周囲の方々の助けを受けて、平家を無事に倒すことができました。その間、戦が忙しくて兄さまとは一年半もお会いできず、大変お懐かしく、寂しく思っております」とでも書いておけばよかったんだ。

そうすれば、頼朝兄さまの受け止め方も少しは変わって、ひょっとしたら会ってみようという気にもなっていたかもしれない。周囲の者たちも、しきりに懐かしがる兄弟をあえて会わせない理由をひねりだすのは難しいだろう。

しかし恐れていたとおり、義経にそのような類の機転を利かすような才覚はなかった。

こりゃあ、まずいな。戦になる。


義経は結局、鎌倉に入ることを許されず、失意のうちに京に戻っていった。

かたや、京に戻れば義経は英雄だ。京の人々はすっかり義経びいきだし、義経を好きでたまらない後白河法皇も温かく迎え入れてくれるだろう。

ただし、何といっても後白河法皇は、頼朝兄さまが「日本一の大天狗」と評したほどの古狸である。

平家が滅亡し、この国に頼朝兄さまに比肩する者が誰もいなくなったいま、後白河法皇が義経を見る目は、単なる「好き」から、強くなりすぎた頼朝兄さまを牽制するための有力な「駒」に確実に変わってきている。こいつは便利な駒として使えそうだという法皇様の腹黒い思惑に、義経が気づくことはおそらくない。

私は、義経のために何ができるのだろうか。

あいつには今まで、何度も助けてもらった。それなのに、あいつのために私がしてやれることといったら、悲しいくらいに何もない。

十．造反

鎌倉に入ることを頼朝が許さなかったことで、義経と頼朝の対立は決定的となった。京に戻った義経に対して、後白河法皇が急速に接近する。義経は頼朝追討を院に訴えるが、一方の頼朝は先手を打って、堀川にある義経の邸宅を急襲し、義経を討ち取るよう土佐坊昌俊《とさのぼうしょうしゅん》に命じたのだった。

元暦二年（一一八五年）七月上旬、後任者を送るので役目を交替して京に戻れという命令が鎌倉からやってきた。つい二か月前には、冬頃までは九国に留まってこの地を安定させよという指示が来ていたので、どうやら状況が変化したらしい。

それに対して私は、あれこれ理由をつけて可能な限り出発を遅らせることにした。後任者がとっくに九国に到着したあとも、九国の武士どもから目を離すと何をしでかすかわかりませぬぞと言って、私は九国に留まり続けた。

そのようにしたのは、天野殿の入れ知恵である。

京への帰還命令を聞かされた時、私は真っ先に天野殿だけに相談した。天野殿はすかさず、

「平家の残党に、思いのほか手こずらされているということにしましょう」

と答えた。一切の迷いもない即答だった。

六月の末に、鎌倉に入ることを許されなかった義経が失意のうちに京に戻っている。そこに私が行ったら何が起こるか、まさか想像の働かない頼朝兄さまではあるまい。


「範頼殿、あなたは頼朝様に試されているのです」

厳しい口調で、天野殿がそう言いきる。

「京に行けば、義経殿も後白河法皇も、間違いなく範頼殿に声をかけてきます。あなたは九国の源氏を束ねる立場で、大きな兵もお持ちですからな。甘い言葉を弄して、味方に引き入れようと誘ってくるはず。

そこで範頼殿がその誘いをちゃんと断り、誰からどんな誘いを受けたかを鎌倉に正直に話すかどうかを、頼朝様は見ておられます」

私は息を呑んだ。帰還命令という建前に包まれた刃が、兄さまから送られてきた。うまく捌かなければ、この刃はきっと私の首を切り落とす。

「範頼殿は、曖昧に言葉を濁さないではっきりと誘いを拒絶し、そこで言われたことを洗いざらい正直に鎌倉へ伝えることができますか？」

「う……」

言葉に詰まる私の表情を見て、だめだこりゃ、と天野殿が肩を落とした。

「ちゃんと断れるという自信を持てないのであれば、京には行かないほうが身のためです。かといって、頼朝様のご指示にもかかわらず理由なく九国に留まり続けるのも、この地に割拠して反旗を翻そうと企てているのではないかと、痛くもない腹を探られましょう。

幸か不幸か、平家の残党にいまだ手を焼いているのは事実ですから、今回はそのように言い訳をしてしばらく出発を延ばせば、嘘を言ったと後日弾劾されることもありますまい」

私は自分の意志の弱さを認め、素直に天野殿の案に従うことにした。

義経の顔を見てしまったら、私はきっと情に流されてしまう。でも、この微妙な局面でそんな曖昧な態度を取れば命取りになる。だったら最初から京に行かないのが一番安全だ。

私はハァと嘆息し、しみじみと天野殿に言った。

「それにしても、頼朝兄さまもずいぶんと、思いきったことをなされるものだな」

「思いきったこと？」

「だって、そうやって私を試すのはよいとしても、それで京に行った私が、義経と手を組んで鎌倉に反旗を翻す恐れだって十分にあるだろうに」

「それは頼朝様が、範頼殿は決して裏切らないと堅く信じて下さっているということでしょう。これは素直に喜んでよいことかと存じます」

　天野殿はそう言うが、私にはとてもそうは思えなかった。

「違うよ天野殿。兄さまは私を舐めきっておるのだ」

「え？」

「あの小心者には、どうせ鎌倉に反旗を翻すような胆力はない。兄さまは私のことをそう見切っているからこそ、平気でこんな、私の心を試すような真似ができるのだ」

「いや……決してそんなことは……」

「天野殿、お気遣いは無用じゃ。実際そのとおりなのだからな。それに兄さまは、仮に私ごときが反旗を翻したところで、あいつ程度ならたやすくねじ伏せられるとでも思っておられるのだろう」

「……」

　その後、私がようやく九国を発ったのは、京に戻れという指示を受けてから実に二か月ほども経った九月の頭のことである。出発後もできるだけ旅程を引き延ばし、海が荒れて思うように進めなかったと鎌倉には報告するつもりだ。

出発の前日、私と天野殿は二人だけでしみじみと送別の宴を開いた。

「本当に、天野殿の知恵にはいままで何度も助けられました。こうしてお別れするのが、実に寂しい限りです」

「ははは。今度は鎌倉で、ともに働きましょうぞ」

天野殿がそう言って屈託なく笑ったので、私は少しだけ心が痛んだ。

私はこの先、天野殿と鎌倉でもう一度お会いすることなどできるのだろうか――

すると、私が一瞬だけ表情を曇らせたのを天野殿は見逃さなかった。

「……まさか範頼殿。京に着いたら義経殿にひと目だけでも会って話せないかとか、この期に及んでまだ、そんなくだらないことをお考えではないでしょうね？」

いきなりそう尋ねられ、私は動揺を気取られないように必死で表情をごまかした。

だが、途端に鋭くなった天野殿の視線に、思わず目が泳いでしまう。

「そんなことは一切考えておらぬ」

私は白々しい嘘をついたが、おそらく天野殿には全てお見通しだ。私は自分の演技の下手さにうんざりした。

「いや。範頼殿は迷っておられます」

「迷ってなどおらぬというのに。いいかげんになされよ天野殿。私はただ、頼朝兄さまの命じられたとおりに動くだけだ」

「そんな傀儡《くぐつ》のような生き方では、自分が生まれてきた意味がないではないか、などと思っておられるのではありませぬか」

「思ってなどおらぬ」

天野殿は本当に優秀な御仁だが、優秀すぎてときどき、付き合うのにどっと疲れてしまう時がある。

天野殿は、できの悪い息子の将来を案じる父親のような、うんざりした表情で私の顔をじっと見た。そして、丁寧に教え諭すような口調でゆっくりと言った。

「範頼殿。あなたはなぜ、わざわざ自分から火中の栗に手を出そうとするのです」

「天野殿……」

「もう何度も申し上げましたが、いま義経殿と関わりあいを持ったところで、いったい何の意味がございますか。もう後戻りはできないのです」

「それはそうだが、義経は……」

「血のつながった弟なのだ、と仰りたいのでしょうが、そもそも頼朝様と義経殿が、血のつながった兄弟なのに仲違いしているのが全ての発端なのですぞ。この期に及んで血のつながりなどを気に病んでいるのは、範頼殿だけです」

「う……」

「だいたい、頼朝様と義経様の仲がうまくいっていないことは、ずっと前から前兆はあったのです。範頼殿が本気で義経殿を救いたいと思っておられたのなら、もっと早い時分からいろいろと動かれるべきだったのではありませぬか」

天野殿の言葉には遠慮会釈もない。彼も、優柔不断な私への苛立ちが限界に達しているのだ。心底耳が痛いが、その理屈の通った言い分に私はぐうの音も出ない。

天野殿の言うとおりで、頼朝兄さまと義経の関係がギクシャクし始めたのは一の谷の戦いのあたりからなのだから、私にその気さえあれば、その頃から今までの間に二人の間に入って仲を取り持つなんて、いくらでもできたはずだった。

けれども私は、あの恐ろしい頼朝兄さまに向かって、義経をかばう言葉をどうしても発することができなかった。

それで結局、悲しそうな顔だけして、特に何もせずにぼんやりと様子を眺めていたわけである。私は積極的に義経を陥れようとしたわけではないが、救おうとしたわけでもない。要するに私は、義経をゆるやかに見捨てたのだ。

そんな私がいまさら、安全な場所から義経のことを眺めて心を痛めたところで、そんなものは卑怯な偽善以外の何物でもないだろう。義経が苦境に陥ったいまになって、善人面して白々しい涙を流すくらいなら、むしろ冷たく突っぱねるほうが、義経に対してよっぽど誠実な態度だとは言えないだろうか。

何かできたはずなのに何もしなかった私に、義経を憐れむ資格などひとつもない。

「そもそも、範頼殿がいまお話をされたところで、この期に及んで義経様の気が変わるとでもお思いですか？」

歯に衣着せぬ天野殿の言葉に、私はがっくりと頭を垂れた。

それはそうだ。私が義経に比肩するほどの天才で、これまでに義経の危機を何度も救っているような頼れる兄だったら、ひょっとしたら義経も私の説得に多少は耳を傾けてくれるかもしれない。だが私は、一の谷の時も安芸国で兵糧不足に苦しんでいた時も、義経に苦境を救ってもらってばかりの不甲斐ない兄だ。

義経は私のことを、気楽に何でも話せる相手くらいには思ってくれているとは思う。けれども、義経が私の言葉に黙って従ってくれるなどと期待するのは、とんだ思い上がりでしかない。何の力もない凡人が下手に正義感を発揮して、いま頃になって無責任に首を突っ込んだところで、余計に物事をややこしくするだけだ。

もはや、私ごときの出る幕ではないことは、自分でも重々承知している。

「いいですか、もう義経殿のことは諦めなされよ。京に行っても義経殿とは決して接してはなりませぬ。あちらが会おうと言ってきても、全て返事せず放っておくのです。範頼殿はせっかく頼朝様から大きな信用を勝ち得ているのですから、それを自分からぶち壊すような真似は、くれぐれもおやめくださりませ」

「……」

「せっかく私がいままで、あれこれ理由《わけ》を考えて出発を先延ばししてきたのは何だったのですか。私はひとえに範頼殿の身を案じて──」

「わかっている。わかっているよ天野殿」

「いえ、全然わかっておられません！」

天野殿が、珍しく声を荒らげた。そのあとで、絞り出すような声で思いを吐露する。

「私は、初めてお会いした時から、範頼殿にはどこか自分と似たところがあると、ずっと感じておりました。

だから私は、どうしても範頼殿のことを放ってはおけないのです。それで今までも、範頼殿の身に危険が及ばぬよう、あれこれ私なりに必死で考えてきたというのに、それを――」

そこまで言ったところで、天野殿は口をつぐんでしまった。そんな天野殿に、私はただ謝ることしかできなかった。

「すまぬ天野殿。頭では全部わかっているのに、なかなか自分の心にけりをつけられぬ私を許してくれ」

そして言い訳がましく言った。

「私も同じ気持ちじゃ、天野殿。貴殿とは不思議なほど、最初から他人のような気がしなかった。天野殿が私のためを思って、いろいろと考えてくれていることには心から感謝をしているし、天野殿の想い、私はちゃんと分かっているから――」

そう言っている間、せめて絶対に目を逸らしてはならぬと、俯いてしまいそうになるのを私は必死でこらえた。

翌日に九国を発ち、意図的にのろのろと旅を続けた私がようやく安芸国にたどり着いた頃、梶原景時殿の息子の景季殿が、鎌倉からの使者として義経のもとに遣わされたとの報が入ってきた。

兄さまは梶原景季殿を通じて、源行家殿を討つことを義経に命じたらしい。行家殿は我々の叔父で、ともに平家と戦ってきた同族ではあるのだが、一時は木曽義仲の下についてみたり後白河法皇に媚びを売って取り入ってみたり、頼朝兄さまにとっては信用のならない人物だ。最近の行家殿は後白河法皇にべったりついているので、義経と組んで頼朝兄さまに反旗を翻すのではという噂もあった。

そこで頼朝兄さまは、その行家殿を討つことを義経に命じ、その時の反応で義経の本意を探ろうとしたのだった。もし私が馬鹿正直に京に行っていたら、きっとその嫌な役回りは私がやらされていたはずだ。

景季殿は義経嫌いの梶原景時殿の息子だから、そんな汚れ仕事も喜んでこなすだろう。だが、そのような残酷な役目、私は絶対に御免だ。天野殿の助言を受け入れ、九国に留まっていて本当によかったと思った。

梶原景季殿が義経を訪ねると、義経は病気でやつれた姿で現れたそうだ。

自分は病を得て、このとおりとても軍を率いられる状態ではないのです、と義経は訴えた。そして「それに、行家殿はともに平家と戦った同じ源氏ではないですか」と言って、涙ながらに頼朝兄さまの命令を断ったという。

いかにも義経らしい反応だな、と私は悲しくなってきた。

頼朝兄さまも後白河法皇も私も、全ての人間が自分の身を守るために冷徹に動いている。人間なんだからそれが当たり前だ。

ところが、そんな中で義経だけがまるで犬のように、餌をくれる目の前のご主人に無邪気に尻尾を振り、群れの仲間たちを守るために戦い、仲間を傷つけることはできないと言って泣いている。

義経はただ、仲間に喜んでもらいたいだけなのだ。その仲間が自分を利用したり裏切ったり、見捨てたりするなんて可能性は思いつきもしない。


義経よ。お主、叔父上のことをかばっている場合じゃないだろうよ。

あんな身勝手な叔父上など、さっさと見殺しにして討ち取ってしまえばいいんだ。そうすればお主の疑いも少しは晴れて、もう一度頼朝兄さまとやり直せたかもしれなかったのに。

お主はこれで鎌倉から、叔父上と通じて謀反を狙っているという烙印を押されてしまった。いよいよ後がないぞ――


九国を出てからひと月近く、わざと牛の歩みのようにゆっくりとした旅を続け、私は九月二十六日にようやく京に入った。

七月初めに畿内で大地震があり、京も大きな打撃を受けたと聞いている。それから約三か月が経ったいまも、京の町のあちこちには倒壊したままの家屋が残り、それは庶民の住まいが並ぶ九条あたりの界隈でよく目についた。

京に入ってからは、私はわざと何もせず、ぶらぶらしている自分の姿を積極的に周囲に見せつけるつもりだった。きな臭い空気が漂ういまの京では、そうやって韜晦《とうかい》しておくことが自分の身を守ることにつながる。

しかし、周囲がちっともそれを許してくれない。私が京に到着した日の夜、さっそく義経から使者がやってきて、会おうと言ってきたのには驚いた。

私がいつ京に入るのか、あらかじめ調べ上げていたのか――

心中ぞっとしながら、私は「まだ着いたばかりで立て込んでいるから」と使者を追い返した。

翌日以降も、何人もの公家衆や武士たちから、ぜひ一度お会いしたいという申し入れが絶える間もなく次々とやってくる。私はそれを露骨に選別した。

私を仲間に引き込もうとする義経側の人間に、私を監視に来た頼朝兄さま側の人間。私の態度を見て自分の動き方を決めようという、ふわふわと落ち着かない者もいた。その中で、私は頼朝兄さまに味方していることが明白な者とだけ会い、それ以外の者はあれこれ理由をつけて丁重にお断りをしたのである。

そのうちに、範頼は間違いなく頼朝側につくだろうという風聞が出回ったのか、私を義経側に引き込もうとする者は、ぱったりと私に面会を申し入れてこなくなった。

義経本人を除いては。


六条堀川にある義経の邸宅からは、毎日欠かさず使者がやってくる。

使者として訪ねてくる義経の家臣たちは誰もが、義経に対する熱い忠誠心が体の外にまであふれ出てしまっているような一本気な者たちだった。義経はいい郎党を持ったものだ。もし戦となれば、私はこの気持ちのいい男たちと戦わねばならぬのかと思うと暗澹たる気持ちになる。

「なぜ範頼様は、義経様に会って頂けないのです。平家追討のためにともに手を取って戦った、血を分けた兄弟ではござりませぬか。義経様は悲しんでおられますぞ。色よいお返事をお返しいただくまで、今日は断じて帰りませぬ」

その日、義経の元からやってきた佐藤忠信という者は、顔を紅潮させて涙ながらにそう訴えた。会話をしているだけで心が洗われるような、心根の美しい凜々しい若武者である。私の心はチクリと痛んだ。だが同時に、九国で私の身を案じてくれている天野遠景殿の心配そうな顔も脳裏にちらつく。

義経とその家臣たちは気の毒ではあるが、情に流されるわけにはいかない。私が頼朝兄さまに疑われてあらぬ罪を負わされないよう、天野殿は必死に知恵を絞ってくれたのだ。そんな天野殿のことを思うと、ぐっと自制心が働いた。

ただ、そう何度も自分に言い聞かせても、「兄上、兄上」と人懐っこい笑顔を浮かべながら、犬のように私にまとわりついてくる義経の顔が、京に入ってこのかた、どうしても私の頭を離れないのだ。

天野殿の真摯な願いを取るか、義経への情を取るか。

ちっくしょう。私は馬鹿者だ。牛の糞よりも汚い偽善者だ。

何もできないし、何もしないくせに、どうしても悪人にはなりたくないらしい。

何日か義経からの申し入れを拒絶したあと、誰にも知られぬようくれぐれも内密に、と何度も念を押したうえで、結局私は義経に会いに行くことにした。

会ったからといって、別にそれで何をするつもりもない。何ができるとも思っていない。ただ気の毒だから一度だけ会う。それだけのことだ。

こんな中途半端なことをしたところで、義経のためにも自分のためにも、何の意味もないことはわかっている。しかも、義経と会ったことを誰かに知られてしまったら私は身の破滅だ。

それでも、ここで義経に一度も会わずに終わってしまったら、自分の中の何か大事なものが壊れてしまうような気がした。


絶対に人目につかないよう、夜更けに数人の信頼できる従者だけを連れて、私は六条堀川の義経の屋敷をこっそりと訪ねた。

「お久しゅうございます、兄上」

私は、灯明の光に浮かび上がる、変わり果てた義経の姿に絶句した。

以前の義経は、二十五を過ぎても紅顔の美少年といったふうで、目は活力にあふれ肌は艶々と輝いていた。それがいまや見る影もなく青ざめ、一切の憂いを感じさせなかった眉間に、平家を倒した英雄には似つかわしくない深い皺が何本も刻まれている。憔悴のあまり、一気に四十くらいまで老け込んでしまったかのようだった。


「兄上は……私の味方でございますよね？」

開口一番、涙目でそう義経に言われて私は困ってしまった。

いま、この場には義経と私以外は誰もいない。私は素早く周囲を見回して、誰にも会話を聞かれていないことを再確認したうえで、小声でぼそりと答えた。

「味方だ」

それは、義経と組んで頼朝兄さまと戦うという意味の「味方」ではない。だが義経はきっと、張り裂けそうな不安の中で、私の言葉を自分に都合のよいように解釈しているに違いない。それははっきりと否定しなければ。

「私は味方だ。私はお主の話を聞く。そして頼朝兄さまの元にそれを伝える。兄さまは恐ろしい方だから、それで納得してくださるかどうかはわからない。だが、袖にすがりついてでも、お主の真心は必ずお兄様に伝える」

「兄上、そうではありませぬ……どうか兄上、私とともに……」

最後まで言わせてなるかと、私は強引に口を挟んで義経の言葉を遮った。

「だから義経、ここは耐えろ。決して自棄《やけ》になってはならぬ」

「兄上……」

思わず声が荒くなった。

「こらえろ義経！　投げつけられた悪意に対して、悪意で答えてはならぬのだ。それはお主の立場をますます悪くして、取り返しのつかぬことになる。いまならまだ、かろうじて間に合う。私を信じるんだ義経！」

いや間に合わないだろ、と頭の中でもう一人の自分が冷静に囁いたが無視した。気がつけば勢いだけで、無責任な言葉が口から次々と飛び出していた。

「私が、お主を助けてやる。何が何でも助けてやるから。いままでにお主には何度も助けてもらった。今度は私の番だ。だから――」

「……兄上」

義経の目から涙がぽたぽたとこぼれ、そして肩がぶるぶると震えた。

義経の耳には、私の薄っぺらい言葉などちっとも入っていないようだった。義経は絞り出すように、震える声で言った。

「私は……どこで間違えたのですか？」


それを言うなら最初からだ。最初の頃からお主はずっと間違えてきた。

頼朝兄さまへの報告を面倒くさがり、鎌倉で一緒に過ごしていた頃の信頼関係にあぐらをかいて、いちいち相談しなくとも、どうせ兄さまと自分の思いは同じだと、以心伝心を過信した。

もちろん、お主が別に悪意があってそうしたわけではないことは、私にはわかっている。だが、お主の意図がどうあれ、とにかく頼朝兄さまや周囲の人たちはお主の態度を傲慢だと感じた。それがお主の失敗の全てだ。

しかし、今の憔悴しきった義経にそんな手厳しいことは言えなかった。いまさらその過ちに気づいたところでもう手遅れだし、そんな、怪我人の傷口に塩を塗るような真似をしたところで、義経は痛がってさらに衰弱するだけだ。

それにしても、あらゆる敵を手玉に取る知略と、好機と見れば即座に命を捨てて勝負に出る豪胆さを持ち合わせながら、単純な人の悪意に傷ついて繊細な涙を流すこの弟のちぐはぐさは何なのだろう。

言うなれば義経は、無邪気な雀の胴体に、神の気まぐれで天才的な軍略という巨大な大鵬《おおとり》の翼がついてしまったようなものだ。千里をゆくその翼を誰もがありがたがり、そして懼れた。その時、雀の胴体がどんなことを考えているかに思いを馳せる者などいるわけがない。

私のような、物好きで煮えきらない人間を除けば。

「……もう、戻れる気がしませぬ」

泣きじゃくる義経が、絞り出すように呻いた。

「諦めるな義経！　大丈夫だ。まだお主を助けようとする者はおる！」

「……法皇様ですか？」

違う！　本当にもう、腹が立つくらいにこの弟は無邪気で馬鹿だ。

後白河法皇は、義経のことなど便利な手駒くらいにしか思っていない。そんな、ごく単純なことになぜ気づけないのか。私はもう、どこからどう説明すればよいのかわからなくなり、途方に暮れて結論だけを言った。

「法皇様には、これ以上近づくな」

「なぜでございますか？　法皇様は常に私の苦衷を案じて、これまでずっと目をかけてくださいました。いつも冷たい兄上に比べて、法皇様は――」

「義経。お主に過ちがあるとすれば、そうやって目の前にぶら下がった優しさに簡単に食いついたことだ」

「……え？」


私は大きなため息をついたあと、じっと義経の目を見てゆっくりと言った。

「あのな義経、あの優しい頼朝兄さまの顔をもう一度思い出してみろ。血を分けた兄弟でもある頼朝兄さまと、平家から木曽義仲にあっさり乗り換えて、その木曽義仲も冷たく切り捨てた法皇様と、お主はどちらが信用できると思うのか」

兄さまも実際あまり信用はできないけどな、と私は内心は思いながらも、ややこしくなるので黙っていた。義経に目をかけて優しく接していた頼朝兄さまの姿が、義経の心の中にはまだ生きている。その言葉を聞いた義経は、ぐすっと鼻をすすった。

「兄上……私は……」

「頼朝兄さまを信じろ、義経」

「……黄瀬川で兄さまに初めてお会いした、あの頃に戻りたい」

「……」

「私はもう、戻れませぬ。法皇様に対して、兄さまの追討を命じる宣旨をお下しになるよう、お願いをしてしまいました」

「何だと⁉」


私は自分の優柔不断さを悔いた。京に着いてから私がモジモジしている間に、義経はとっくに、越えてはならぬ最後の線を越えてしまっていたのだった。

「それで……法皇様は？」

「まだお答えをくださりませせぬ」

「そんなもの、今すぐ取り消せ！　その件、法皇様と周囲の者以外にはまだ誰にも言っておらぬな？　ならば、もう手遅れかもしれぬが、お主がそんな宣旨を求めたことは闇に葬って、なかったことにせよ」

「宣旨を頂ければ、兄さまは朝廷に弓引く賊軍、我々は官軍でござりますよ」

「そんな形の伴わぬ権威など、何の足しになるものか、愚か者が！」

もう全てにうんざりしてしまい、思わず義経を怒鳴りつけてしまった。義経がヒイッと恐怖で顔を歪ませる。

これではいかん。義経は追い詰められて正常な判断力を失っているのに、怒鳴りつけては逆効果だ。私はぐっと怒りを押し殺して、静かな声で諭した。

「勝てるはずがあるか……どうしたのだ義経。お主はあれだけ的確に戦場の空気を読み取れる男だというのに、どうしていまの形勢を読めないのじゃ……」

頼朝兄さまは、閉ざされた禁裏の中で繰り広げられる空虚な権力闘争を横目に、ただ地道に、全国の武士たちとの間に信頼関係を積み上げてきた。

その蓄積が物を言って、いまやこの国の武士のほとんどが頼朝兄さまに固く忠誠を誓い、義経の元に集まっている兵など千騎にも満たないのだ。そんな状態から、いかに後白河法皇の命令とはいえ、そんな宣旨ひとつでハイそうですかと武士たちが簡単に義経に鞍替えするわけがない。

「……勝てます。戦いは数ではありません、兄上」

「戦いは数だよ、義経ッ！」

二人きりの薄暗い室内。月は分厚い雲に遮られて見えない。

灯明が風に揺れ、橙色に照らされる義経の顔に黒い影がゆらめく。私も義経も、まるで息が止まったかのように、しばらく互いに言葉を発せずにいた。

意を決したように義経がつばを飲み込み、小声で口火を切った。

「兄上、私とともに――」

「言うな義経」

「兄上は……私を見殺しにされるのですか？」

「見殺しにするわけではない。お主を救いたいのじゃ。よいか、私はこれから大急ぎで鎌倉に帰る。そして頼朝兄さまに、お主はいまでも兄さまを慕っていて、決して二心はないことを訴え、慈悲の心でもう一度話を聞いてやってほしいとお願いをする。だから義経、決して軽はずみな真似をするでない。宣旨の件は取り消すのだ。わかったな！　約束じゃぞ！」

「兄上……」

消え入りそうな涙声でそう言った義経は、そのまま顔を伏せて嗚咽《おえつ》していた。私は義経の屋敷を退出すると、すぐに自分の屋敷に戻って家人を呼び、明日の早朝にはここを発って鎌倉に急ぐから、今すぐ出立の準備を始めよと下知した。

ところが翌朝十月十七日、変事は起こった。

義経の家を去ってからも、私は夜明けまで一睡もできなかった。長い長い夜が明け、東の空が少しずつ白み始める頃、私は遠くから聞こえる物音に気づいた。

この聞き慣れた不愉快な音は忘れもしない。戦の音だ。

興奮した武者たちが上げる獰猛な雄叫びと、物と物がぶつかり合う重い音。嫌な予感がして私が表に出て周囲を見回すと、六条堀川の方角から黒煙があがっている。

「まさか……兄さまが？」

途端に膝がガクガクと震えだしたのがわかる。私は一足遅かった。いや、兄さまの打つ手が、優柔不断な私などよりも、いつも一足も二足も速いのだ。


この日、頼朝兄さまの命を受けた土佐坊昌俊が、六条堀川の義経の屋敷を襲撃した。義経はこれを迎え撃って逆に土佐坊昌俊を討ち取ると、改めて後白河法皇のもとに訴え出て、頼朝兄さまの追討を命じる宣旨を出すように求めた。

後白河法皇は、天才・義経の軍略をもってすれば、あるいは頼朝兄さまの軍を打ち破り、兄さまに拮抗できる勢力に育つかもしれないとでも思ったのだろうか。それとも単に、可愛い義経を助けてやりたいとでも思ったのか。義経の求めに応じて、あっさりと頼朝兄さま追討の宣旨を出してしまった。

「はあああ……なんと浅はかな！」

私は義経の浅慮にも腹が立ったが、後白河法皇の節操のなさにも呆れ返った。法皇様が平家を朝敵と認定し、頼朝兄さまに平家追討の宣旨を与えてからまだ二年も経っていない。それなのに、平家を滅ぼして半年かそこらで、今度は頼朝兄さまを朝敵と断罪し、義経に頼朝追討の宣旨を与えるとは。いかにこの国を統べる治天の君といえども、人と人との最低限の信義があってこその政ではないのか。

私はやり場のない怒りに震え、固く握った拳で自分の太股をドンと殴りつけた。

「兄さま……義経……どうして……」

こうなってはもう、義経と頼朝兄さまの戦は避けられない。

いつも私と関係のないところで、物事は勝手に進んでゆく。

十一．義経じゃないほうの造反

頼朝追討の宣旨を得た義経だったが、人望を失った彼のもとに武士たちは集まらない。逆に頼朝は多くの御家人を集め、黄瀬川まで軍を進めた。義経は京を捨て九国に渡って再起を図るが、船が難破して多くの兵を失う。義経は頼朝と戦うことを諦め、数名の腹心とともに、平泉の藤原秀衡を頼って落ちのびるのだった。

なあ兄さま、義経のこと、許してやってくんねえかなあ。
あいつ、こんなになったいまでもまだ、兄さまのこと、尊敬してるぜきっと——
本音では、私は頼朝兄さまに、はっきりとそう言ってやりたかった。
だが、来たるべき義経との戦いに向けた熱気に沸き立つ鎌倉に、そんなことを言い出せる空気はひとつもない。

お主の真意を私がきっと頼朝兄さまに伝えてやる、などと義経の前では勢いだけで偉そうなことを言ったが、義経が頼朝兄さま追討の宣旨を求め、それが出されてしまったいま、全ては無意味となった。

宣旨は義経から頼朝兄さまに出された宣戦布告である。義経が心の中で頼朝兄さまのことをどう思っていようがもう関係ない。戦は始まったのだ。


私が鎌倉に着いたら、義経がどんな様子だったか、頼朝兄さまは私に根掘り葉掘り質問してくるのだろう。そこで私は先回りして、鎌倉に向かう途中で梶原景時殿に文を送っていた。

「京にいる間、私は襟を正して義経とは一切の関わりを持たぬようにしていたので、何の話も聞いていない。頼朝兄さまには、私と義経が裏でつながって裏切るのではないかというご不安もあろうかと思うので、鎌倉に着いてもすぐ寺に入って誰にも会わず、ただ身を清くして兄さまのご判断を待ちたい」

という内容だ。そつのない梶原殿のことだから、きっと好意的な口調で頼朝兄さまに取り次いでくれるはずだ。

ほどなくして頼朝兄さまからは「そこまでするには及ばない」という回答とともに、

勝長寿院《しょうちょうじゅいん》の落慶法要に参加せよとの指示があった。

私が鎌倉に到着した直後、我々の父、源義朝の供養のために建てられた勝長寿院が完成し、その落慶のための盛大な法要が開催された。多くの有力御家人たちが法要に参加するために鎌倉に集結していたが、これは義経追討に向けた、実に都合のいい決起集会の場となった。

この法要に参加しなければ、義経に味方するのではという疑いを持たれかねない。ほとんどの御家人が我先に法要に参加し、頼朝兄さまへの忠誠を暗に示した。

法要はもはや、故人の徳を静かに偲ぶ席というよりは、戦いを前にした荒くれ者たちのたまり場と化していた。参列した者たちは仏の前で、我が強弓で敵の鎧を射抜いてやるだの、大将首を取ってやるだの、血なまぐさい話ばかりしている。そしてその大将首というのは、この勝長寿院に祀られた義朝の息子のことなのである。

頼朝兄さまは勝長寿院の本堂で高らかな鬨の声を上げ、義経を討つぞと御家人の心をひとつにした。これだけの盤石な結束があれば、いかに義経が天才であろうとも、勝ち目はないだろう。

この二年ほど、頼朝兄さまは常に鎌倉にどっしりと腰を据えて動かず、一度たりとも京には行かなかった。策の多い後白河法皇と渡り合うのにそれでは不便も多かろうと私には疑問だったのだが、頼朝兄さまは最初から、京など眼中になかったのだ。

京にそっぽを向いて、ただひたすら鎌倉に武士たちの金城湯池を作り上げる。その一点に専念した頼朝兄さまの狙いはさすがだった。

後白河法皇がどれだけ策を弄し、源氏と平家を翻弄して互いを消耗させようと仕向けても、頼朝兄さまはそれに深入りはしなかった。朝廷から一定の距離を置き、鎌倉の地で営々と築き上げ続けたこの鉄壁の家臣団は、もはや決して揺らぐことはない。


法要の翌日、私は頼朝兄さまに呼び出された。

二人だけで話がしたい、と言われた時点でとても嫌な予感がしたが、気が重いのを我慢して、兄さまの屋敷に向かう。


「範頼よ、お主を義経追討の総大将としたい」


兄さまが重々しい口調で私にそう言い渡した時、やっぱりな、と思った。途端に心の臓が激しく鼓を打ち、耳の奥までどんどんと嫌な音が響いてくる。

兄さまの目は相変わらず、まるで鷹のように鋭い。視線だけで人を睨み殺してしまいそうなその瞳でじっと見つめられるだけで、私はぞくりと悪寒が走り、息が上がって何も言えなくなる。

いつもの私ならば、頼朝兄さまの命令に対して間髪入れず「はい。喜んでお受けいたします」と打てば響くように応えていただろう。兄さまのもとに参陣して八年、私はずっとそうしてきた。というか、そうしなければきっと、何の取り柄もない私は、いまごろは生きてこの場に座ってはいなかったはずだ。

私は、答えなかった。

兄さまの命令を「いいえ」と拒絶はしなかったが、「はい」とも言わなかった。ただひたすら、黙っていた。

じっと黙っていれば、助け舟を出してくれるような甘い兄ではないことは重々承知している。この厳格な兄さまは、そんな曖昧な態度を私に許してはくれない。

頼朝兄さまも、何も言わない。

気まずい沈黙が延々と続くが、兄さまは泰然と、何か言いたいことがあるのなら、お主のほうから言うのが当然だろうと言わんばかりの目で、ただこちらを見ている。

そうだよな。文句があるなら、自分のほうから言うのが筋だよな。

「私には……総大将は、務まりません」

カラカラに乾いた唇を開いて、呻くように小声でそうつぶやいた。

「なぜだ」

眉ひとつ動かさずに兄さまがそんなことを言うので、私は情けなくなった。

この人に赤い血は流れているのか。義経は実の弟ではないか。理由なんてそれ以上でもそれ以下でもない。そんなわかりきっていることを、あえてわざわざ自分の口から言わせるのが、この源頼朝という私の兄なのだ。

この底意地の悪さと厳しさが、兄さまをこの国の覇者たらしめた大きな資質なのだとは思うが、それにしても人間として大事な何かが、この人には欠落しているのではないか。

私の頭は全力で回転した。兄さまと話をする時には、絶対に情を交えてはいけない。「義経がかわいそうです」などと言おうものなら「それは理由になるのか」とあっさり返されて終わりだ。

兄さまの頭の中には、常に源氏の家のことが最優先事項としてある。

その「かわいそう」なる理由は、源氏という巨大な家の安定と繁栄を損ねてまで尊重するほどの価値のあるものなのか。兄さまはじわじわと網をせばめるようにして、それを私に答えることを強いてくるのだ。

それで私は、仕方なく本音を押し殺して言った。

「義経は、私ごときとは比べものにならぬほどの、兵法の天才にござります。それは、源氏の総大将として、義経のすぐ横で常に一緒に戦ってきた自分がもっともよく知っております。

義経は常に、相手の采配を読み、その裏をかく戦い方をします。平家との戦いを通じて、義経は私の采配の癖をよく知っておりますから、まんまと手玉に取られ、兄さまからお預かりした軍勢を損ねてしまうことを私は怖れておるのです」

本当は、兄が弟を殺しに行くような、こんな人の道に外れた戦いなどやめてしまえと言ってやりたい。

だが、人の道などという甘っちょろい理由では頼朝兄さまを納得させることはできない。この兄は、源氏の家の安定と繁栄につながるのなら弟殺しなど些細なことにすぎないと、眉ひとつ動かさずに言えてしまう人なのである。

私の弱気な物言いに兄さまは怒気を発し、すぐさま私を一喝した。

「何を腑抜けたことを言うておるのじゃ範頼！　お主も源氏の血を引く者であろう。そのような惰弱な言葉を吐いて、恥ずかしいとは思わぬのか！」

その言葉に私は、急にむかむかと頼朝兄さまに対する怒りが込み上げてきた。

よくもまあ、平気な顔してそんなご立派な言葉を吐けるものですね。そこまで仰るのなら、ご自分でやってみたらどうですか——そんな言葉が思わず口から出かかったが、寸前で踏みとどまった。

これまで私は、頼朝兄さまに対して恐怖以外の感情を抱いたことはない。兄さま相手にこんな猛々しい気持ちが生まれている自分に、少しだけ戸惑いを覚える。

私は怒りを必死に押し留め、冷静さを必死に保ちながら「申し訳ございませぬ」と静かに頭を下げた。謝るのは屈辱だったが、体がもうそれに慣れている。

「かしこまりました。それではこの範頼、義経追討軍の総大将となって、ただちに京に向かいます」

「うむ。任せたぞ範頼」

「ははっ」

いつものように威勢よく返事をすると、私は頼朝兄さまの御前を下がろうとしたが、振り向いて出口に向かおうとする私に、遠くから頼朝兄さまが呼びかけた。

「そうだ、範頼」

「何でございましょうか?」

「わかっておると思うが、義経の真似はするなよ」

その言葉を聞いた瞬間、私の中で何かが弾けた。

何だよ、私を疑ってるのかよアンタ。ふざけんな。ふっざけんな。

例によって自分では何もせず、私に弟殺しをやらせようとするんだ。だったらせめて、その罪深い兇刃《きょうじん》をこの手で振るう私のことくらい、信用してみたらどうなんだ。


かろうじて押し留めていた怒りが、堰を切った濁流のようにあふれ出し、気がつけば頭が真っ白になっていた。何だかもう、全てがどうでもよくなっていた。

私は振り向くと、どすどすと大きな足音を立てて頼朝兄さまの前に戻り、どっかりと腰をおろすと深々と頭を下げた。

「兄さま。この総大将の役目、やはりお断りいたします」

「なに？」

「そんなに私が裏切るかもしれないと不安なら、ご自分でやられたらいかがですか」

「範頼ッ！　お主……」

「兄さま。あなたは途中から戦を義経と私に全部丸投げして、一度たりともご自分では敵に手を下しておらぬではありませぬか。

私にとって義経は、頼れる戦友であり、私の危機を何度も救ってくれた命の恩人であり、憧れを覚えるほどの戦の天才であり、そして何より、かわいい弟なのです。
だから私には、義経を殺せません。お兄さまがご自分で殺してください」

「ぬうッ……」

「私と義経が一緒に戦って平家を滅ぼしましたから、あなたが多少の間鎌倉を離れたところで、その留守を襲うような敵はもういませんよ。信用できない私にやらせるより、ご自分でやられたほうがずっと安心でしょう。

私は兄さまに弓を引くつもりは毛頭ありませんし、単に義経を自分の手で殺すのが嫌なだけです。ですから、兄さまがご出陣されている間はずっと寺に籠って、兄さまに対して二心がない旨を一日十通の起請文《きしょうもん》(29)にしたため、夜はそれを何度も中庭で読み上げるようにいたします。

それともいっそ、いまここで出家したほうがよろしいですか？」

言ってやった。ついに言ってやった。やればできる。やればできた。

心の中身を洗いざらいぶちまけると、私は震えながら再びゆっくりと頭を下げた。

情けないくらいに膝がガクガクと笑っている。それでも、兄さまに向かって初めてのささやかな造反を試みた自分自身に、私は体の中から込み上げる熱いものを感じていた。

ああ。これは死んだな私――

だが、不思議なくらい恐怖はなく、清々しい達成感だけがあった。だって、もし義経がいなかったら、きっと私は一の谷の戦いでとっくに討ち死にしていたのだ。そう考えれば、義経のおかげで命を拾った私が、義経を自分の手で殺すことを拒んで死ぬなんて、ごく当たり前のことではないか。

兄さまは、じっと俯いたまま顔を真っ赤にしていた。歯を食いしばり目を剝いて、必死で気持ちの整理をつけている。今までに見たこともないような憤怒の表情であり、以前の私だったら見ただけで失禁してしまったかもしれない。だが、もはや命を投げ捨てた私の目には、そんな頼朝兄さまの姿がひどく滑稽に見えた。

「……殺されますか？」

逆に私のほうからそう尋ねて、自分の首を手でトントンと切り落とす仕草をしてみたら、頼朝兄さまは低く押し殺した声で、

「いい。起請文もいらぬ。義経も儂が討つ」

とだけ答えた。この先どうなるかはわからないが、とりあえず現段階では、私の首はつながったらしい。

その後、頼朝兄さまは自らが義経追討の総大将となり、黄瀬川まで兵を進めた。一方で、義経のもとには気の毒なほどに兵は集まらなかった。

後白河法皇や京の公家たちは、ふわふわとした風聞だけをたよりに戦の行く末を皮算用していたようだが、日々の現実を生きる武士たちの目は冷めている。

常に武士寄りの立場を保ち、朝廷とは距離を置き続けた頼朝兄さまと、これまで武士たちを駒のように使い捨ててきた朝廷にべったりと寄り添い、その後ろ楯を得た義経。どちらにつくほうが自分の身を守れるかを冷徹に見定めた結果、義経のもとに集まった武士はわずか三百騎ほどでしかなかった。

そんな状況に絶望した義経は、戦わずして九国に逃れた。

しかし大物浦《だいもつのうら》から出港した船は、悪天候のため途中で難破した。義経自身は命からがら大物浦に戻り着いたものの、残りわずかだった軍勢は散り散りになってしまった。この悪天候は、壇之浦で死んだ平知盛の怨霊のしわざだと人々は噂しあった。

これでは九国に落ちのびたところで何もできやしない。傷心の義経は少数の腹心だけを連れて吉野の山中に逃れ、人知れずどこかに落ちのびていった。

その一方で頼朝兄さまは、この義経の造反を最大限に活用して、後白河法皇をじわじわと追い込んでいく。

義経が逃亡したあと、頼朝兄さまは後白河法皇に対して、西国の警察権と、平家から没収した荘園に対する地頭《じとう》(30)任命権を自分に与えるよう強引に迫った。行方知れずとなった義経を捜索し、いまだ騒乱の続く諸国の治安を維持するためである、というのが表向きの理由である。

先頃、軽率にも義経に対して頼朝追討の宣旨を出してしまった手前、院も肩身が狭い。頼りにしていた義経が、一回も戦うことなくあっさり逃亡者に落ちぶれてしまったいま、後白河法皇も頼朝兄さまの強い申し出を拒むことはできなかった。

二年前に認められていた東国の支配権と合わせて、これで頼朝兄さまの支配はほぼ日本全国に及ぶことになる。頼朝兄さまは、あの日本一の大天狗、後白河法皇との丁々発止の駆け引きに勝ち、ついに実質的なこの国の支配者となったのだ。


その後、逃亡していた義経が奥州平泉の藤原秀衡のもとに身を寄せたことが明らかになった。その一報がもたらされた時、頼朝兄さまは有力な御家人たちとの合議中で、私もその場にいた。その時の頼朝兄さまの顔を、私は忘れることができない。

「なんと。藤原秀衡めのところに隠れておったか！」

最初は、憎しみまじりの声でそう怒鳴った。

「儂に弓を引き、法皇様を丸めこんだ悪逆の行いの数々。決して許しはせぬぞ！」

その声色は怒りに満ちて猛々しい。だが、声色に反して兄さまの目尻はじわじわと下がり、表情が徐々に緩んでいく。

「義経をかくまった藤原秀衡も同罪じゃ！　皆の者、戦支度をせい！」

勇ましくそう命じた頃には、頼朝兄さまの口角はすっかり上がり、その物騒な言葉とは裏腹に、腹の奥底から湧き上がってくる喜びを隠しきれていなかった。


きったねえ。きったねえ顔だよ、兄さま——

あれだけ尽くしてくれた弟の命より、自分の利益のほうが大事なのか？

あんた、いまの顔を鏡で見てみろよ。

人の心をなくした、醜い鬼の顔をしてるぜ——


この国のほとんどを掌握した頼朝兄さまにとって、いまや奥州平泉に割拠する藤原秀衡だけが、唯一といっていい目の上のたんこぶだった。

義経は幼い頃、預けられた鞍馬山を脱出し、藤原秀衡に匿われて奥州で育った。その情誼を頼って義経は藤原秀衡の元に逃げ込んだわけだが、これは頼朝兄さまにとって、目障りな秀衡を攻め滅ぼすための絶好の口実となるものだった。

義経よ、野垂れ死にせず秀衡の元に逃げ込んでくれてありがとう。これで正々堂々と奥州の藤原氏を攻め滅ぼすことができる——

そう言いたげな頼朝兄さまの態度に、京で会った義経の憔悴しきった顔を思い出して私は吐き気がした。

頼朝兄さまはただちに、義経の身柄をこちらに引き渡すよう藤原秀衡に命じたが、秀衡にも東北の雄としての意地がある。

我が子同様に育ててきた義経を見捨てるようでは、平泉の地で三代にわたり栄華を誇ってきた藤原氏の恥であると、その要求を突っぱねた。頼朝兄さまは、ますます自分の思う壺だと、その強硬な態度を見てほくそ笑んだ。

誰にも絶対に言えないが、私は秘かに、東北に逃れた義経が藤原秀衡殿の兵を借りて、頼朝兄さま率いる追討軍をコテンパンにやっつけてくれないかと夢想していた。

だが、そんな私の虫のいい願いは、結局かなうことはなかった。

義経を匿った藤原秀衡は高齢で、ほどなくして病を得て亡くなった。

義経を盛り立てて支えるようにと秀衡は息子たちに遺言を残したが、秀衡の息子たちは父親ほどの度量と胆力を持ち合わせていない。

秀衡の息子、藤原泰衡は頼朝兄さまからの無言の圧力に耐えきれなくなり、ほどなくして義経の居館を襲撃し、義経を討ち取ってその首を鎌倉に送りつけてきたのである。


結局、義経とは何だったのだろう。そして、私と義経が死にそうな思いをしながら全力で取り組んできた平家打倒の戦いとは、いったい何だったのだろう。

私は、源氏と平家のどちらが勝者なのかを決める戦いをしているのだと思っていた。間違いなく義経もそう思っていたはずだ。

だが、頼朝兄さまだけは違っていた。兄さまだけが「源氏か平家か」などという単純な発想から抜け出し、武士が朝廷に勝たなければ何の意味もないのだということを最初から意識して戦っていた。私も義経も、その兄さまの駒として平家と命がけで戦い、その末に義経は殺され、私は生き残った。


義経の首は黒漆の櫃《ひつ》に納められ、酒に漬けられて鎌倉に送られてきた。

腰越まで行ってその首を受け取り検分したのは、梶原景時殿と和田義盛殿だった。二人の報告を受けると、頼朝兄さまは義経の首を確かめることも、その首をどう処分しろという指示を出すこともなく、「そうか」とだけ言って興味なさそうに奥に引っ込んでしまったそうだ。

それで二人は困ってしまい、私と土肥実平殿と天野遠景殿を呼んで相談することになった。

「まさか、そこいらへんに捨て置くわけにもいきますまい」

「かといって大々的に葬っては、謀反人を手厚く扱うのかと、頼朝様から無用の怒りを買いかねませぬ」

そう言って頭を抱える二人だったが、その顔は晴れ晴れとしている。梶原殿も和田殿も源平の戦いからすっかり気持ちを切り替え、新しい武士の世を作るのだという希望に燃えている。かつては手柄を独り占めした義経のことを恨んだ二人だったが、義経が首となったいまとなってはもう、全て過ぎ去ったことだ。

「源氏にゆかりのある寺に納めては、差し障りがあろう」

「いや、そもそも寺に葬ること自体が、頼朝様の怒りに触れる恐れがある」

喧々囂々《けんけんごうごう》と続くそんな話し合いに参加するでもなく、最初のうち私はただぼんやりと座っていた。

だが、死してなお、こんなみじめな扱いを受ける弟のことが急に不憫になってきて、その途端に議論の声がやけに耳障りに感じるようになった。

ギャアギャアうるさい議論に耐えられなくなった私は、不快感のあまり思わず口を挟んだ。

「――もうよい。この義経の首、私に預けてほしい」

その場の全員が、唖然としたような顔で私の顔を振り返った。

「……蒲殿、この首を、どうされるおつもりで？」

「どうもしない。寺にも葬れぬということであれば、どこか差し障りのない土地に塚でも立てて、ひっそりと供養してやるまでのこと」


私の鶴のひと声で、義経の首は私が預かることに決まった。誰もが扱いに困っていただけに、異存が出るはずもなかった。

話が決まったところで、土肥殿がぜひ最後に義経殿の首に読経をして差し上げたいと言って、黒漆の櫃のほうに向き直って座った。そして懐から数珠を取り出し、合掌して軽く会釈してひとしきり経を読むと、櫃の蓋を開いて中をのぞき込む。強い酒精と腐臭の混ざった、ツンと鼻をつく嫌な臭いがたちこめた。


「蒲殿も、ご覧になられますか？」

義経の首の櫃を前に和田殿がそう言うので、私は愛想笑いを浮かべながら答えた。

「いや。やめておく。見たら吐いてしまいそうだ」

和田殿は私の情けない言葉を聞いて、

「たしかに骨肉の争いはつらかろうが、これも武士のならい。これしきのことで吐きそうとは、心を強くお持ちなされよ蒲殿」

と言って、ガハハといつものような無遠慮な笑い声をあげた。

私はもう何も言い返す気力もなく、ハハハと力なく笑った。それを見た梶原殿が肘で和田殿を小突いて、

「やめなされよ、和田殿。いくら何でもそれはなかろう」

と、私に聞こえないような声でこっそりとたしなめていたが、全部聞こえていた。


義経の首塚は、鎌倉の玄関口である腰越よりも内側に建てるといろいろとうるさいことになりそうなので、鎌倉から少し離れた藤沢の街道沿いの、亀形山と呼ばれている小高い丘の上に建てることにした。類まれなる功績を立て、強大な平家を倒した稀代の英雄の首を祀るにしては、あまりにも小さく、ささやかな石の塔がちょこんと建てられ、私はその下に義経の首を埋めた。

本当は何人か僧を呼んで、ちゃんとした法要を開いてやりたかったのだが、天野殿が、

「そのお気持ちだけでもう、十分でござりましょう。泉下の義経殿も、自分の法要の

せいで範頼殿が罰せられたとあってはきっと浮かばれませぬ」

と言うので、私と天野殿の二人だけでひっそりと義経の供養をすることにした。

塚の前に腰かけ、たどたどしい声で慣れぬ経を読み、合掌して香を捧げる。

ひととおり供養を終えたあとで、私はつぶやいた。

「何だったんだろう、なぁ……」

それに対して、天野殿が答える。

「何だったんでしょう、ねぇ……」


ビュウと一陣の風が吹き、周囲の森の木々がざわざわと音を立てる。

「なあ、私はこれでよかったのかな、天野殿」

「これでよかったんだと思いますよ」

「大きなことを成し遂げた義経は、こんな小さな塚になってしまった。それで、大して何もしていない私は、こうしてのうのうと生き延びている」

「そのような因縁でござりましょう」

鼻の奥がツンとしてくる。勝手に声が震え、膝にポタリと涙がひと粒落ちた。

「どうして、あんなに頑張った義経がこんな悲しい最期を迎えなきゃいけなくて、ちゃらんぽらんに生きてる私が、何の責め苦もなく生きているんだろうなぁ……」

私は、ズズッと鼻水をすすった。

戦場で何もできなかった自分。弟の義経を救うために何をするでもなく、ただ無責任な傍観者であることを続けた自分。それなのに何の罰も受けず、安穏と生き続けている自分に、情けなさが込み上げてくる。

天野殿はしばらく、黙ったままじっと私の顔を見つめていた。それから、言葉を選ぶようにゆっくりと口を開いた。

「……何をもって『頑張った』とするかは、人それぞれですから。

ですが、少なくとも——」

天野殿はニコリとほほ笑み、訥々とつぶやく。

「大きなことを成し遂げる人よりも、そつなく最後まで生き延びてくれる人のほうが、下にいる人間としては安心でございました」

私は天野殿の言葉を聞くやいなや、心の中の堰が切れたように感情の奔流があふれ出してしまい、そしてオイオイと声を上げて情けなく泣いた。

「おおお……私は、これでよかったのかなぁ……天野殿」

人間は涙を流すと、気持ちが勝手に軽くなるようにできている。

泣いているうちに、憑き物が落ちたように心がスッと軽くなってきているのを感じ、私はなんて薄っぺらい人間なのだと、また自分が情けなくなった。

「私は、これでもちゃんとやってたのかな……これでも自分はちゃんとやったんだって、胸を張って言ってしまってもいいのかな……」

すがるような顔で私が泣き腫らした目を向けると、天野殿は言った。

「少なくとも私は、範頼殿の下で働くことができて、よかったと思っていますよ」

天野殿は優しい御仁だ。その言葉には、きっと私に対する気遣いもあるのだろう。

そんなもんかな、と私は半信半疑だったが、そんなもんだよな、と無理やり思い込むことにした。

だって、そうとでも思わないと、凡庸な私は心が持たないよ、義経。


（了）

用語解説

1　御家人　頼朝（鎌倉幕府）の配下となった武士
2　荘園　貴族の私有地
3　還俗　出家した僧が一般人に戻ること
4　河内源氏　源氏一族のうち河内国を拠点とした一派
5　中宮　皇后の別称
6　木工頭　官職のひとつ。木工寮の長官
7　国司　官職のひとつ。地方の国の行政長官
8　御台所　貴人の妻に対して用いられた尊称
9　侍所　御家人の召集・指揮や罪人の収監など、軍事・警察を司った幕府の組織
10　公文所　政務や財政を司った幕府の組織。のちに政所《まんどころ》と改名される
11　問注所　訴訟を司った幕府の組織
12　宣旨　天皇が発行する命令書
13　別当　侍所の長官

14　紺村濃　薄い紺地の所々を濃い紺色に染めた染物
15　鎧直垂　鎧の下に着用する着物
16　小具足　鎧以外の防具（籠手や脛当てなど）
17　鏑矢　放つと音の出る合図用の矢
18　搦手　敵陣の裏手
19　乳母子　主君の乳母を務めた女性の子供
20　逆茂木　先端を尖らせた木の枝を外向きに地面に固定した障害物
21　左衛門尉　官職のひとつ。左衛門府の役人
22　検非違使　京の治安維持と民政を所管する役職
23　殿上人　天皇の御殿である清涼殿の殿上の間に昇ることを許された人
24　上臈　位の高い人
25　建礼門院　平徳子。平清盛の娘で安徳天皇の母
26　兵衛尉　官職のひとつ。兵衛府の第三等官
27　刑部丞　官職のひとつ。刑部省の第三等官
28　馬允　官職のひとつ。馬寮の第三等官
29　起請文　神仏に誓いを立てる誓約書
30　地頭　荘園・公領を管理支配するために置かれた職

あとがき

このたびは本作をお読みいただき、誠にありがとうございます。

これまでに私が書いた歴史小説は全て江戸時代が舞台で、本作は私にとって初めての、鎌倉時代を扱った作品となります。

本作を書きながら私が閉口したのは、鎌倉時代の記録が江戸時代と比べてあまりにも少なく、いいかげんなことでした。

源平合戦に関する史料といえば「平家物語」「吾妻鏡」「玉葉」の三つが代表的なのですが、まず「平家物語」は物語なのでかなり脚色が入っています。その点、鎌倉幕府が編纂した歴史書である「吾妻鏡」のほうが情報はずっと信頼できるのですが、言葉足らずで細かいところがよくわからないことが多々あります。しかも、関白・九条兼実《くじょうかねざね》の日記である「玉葉」の内容と食い違っていることもあるので、完全に信用するわけにもいきません。

そんなわけで、鎌倉時代の出来事については研究者の間でも議論が分かれているものが多く、書きながら私は何度も途方に暮れました。

小説の土台になっている記録自体がそのような体たらくですので、本作は物語の展開上、都合のよい記録をつまみ食いして書いています。本作の情報精度はしょせんその程度であるとご認識のうえ、小説として割り引いてお楽しみ頂ければと存じます。


まず、屋島の戦いの時の義経と梶原景時の逆櫓論争ですが、「吾妻鏡」の記述だと、この頃の梶原景時は範頼と同行しているので虚構の可能性が高いと言われています。ですが、逆櫓は「平家物語」の中の有名なエピソードであり、なくすと逆に混乱される方もいるかなと思って残しました。

土佐坊昌俊の襲撃の前日に、義経と範頼が京で秘かに会って話をしたというのは私の創作です。範頼が九月末頃に京に入ったことと、十月二十四日の鎌倉での法要に参加したことの記録はあるので、その間、範頼と義経が京でこっそり会っていてもおかしくないと思って、そのような設定を作りました。

最後に範頼が頼朝に歯向かうシーンですが、「平家物語」には、範頼が最初は義経追討軍の総大将を引き受けたが、頼朝に「義経のまねをするなよ」と言われて恐れをなし、総大将を辞退したとだけ書かれています。「玉葉」にも、最初は範頼が総大将の予定だったらしいとの記述があります。その記録を私なりに大幅に脚色したものです。

切ないエンディングのあとで、こんな読後感を損ねるような無粋な解説を作者自らが書くことには少々のためらいがあるのですが、私はできることなら、自分の小説をきっかけに皆様が源範頼や源平合戦について興味を持たれ、「源範頼」で検索をかけるなどして関連事項を少しでもご覧になってくれたら嬉しいなぁと思っております。

そして、私の小説を鵜呑みにするのではなく、「白蔵盈太はこう書いているが、実際はちょっと違うんじゃないか」と自分なりに考察され、私が書いたのとは違う解釈の「マイ範頼」を皆様がそれぞれに心の中に描き出してくださったら、歴史小説書きとしてこれほど嬉しいことはありません。

ちなみに無粋ついでに、源範頼にご興味を持たれた方は、彼が源平合戦のあとにどんな人生を送ったか、ぜひネットで検索などしてみてください。「こんなことで？」と私は驚き、鎌倉幕府って怖いところだなと震え上がりました。

さて、源範頼とは果たしてどんな人だったのでしょうか？

この地味すぎる義経の兄の姿を皆様がそれぞれ心の中に思い描いてくださったら、泉下の範頼公もさぞ、お喜びになられるのではないかと思っております。

文芸社文庫

義経じゃないほうの源平合戦

二〇二二年十二月十五日　初版第一刷発行

著　者　白蔵盈太
発行者　瓜谷綱延
発行所　株式会社　文芸社
〒一六〇-〇〇二二
東京都新宿区新宿一-一〇-一
電話　〇三-五三六九-三〇六〇（代表）
〇三-五三六九-二二九九（販売）

印刷所　図書印刷株式会社
装幀者　三村淳

ISBN978-4-286-26016-7